Le milliardaire incontesté

L'OBSESSION DU MILLIARDAIRE
Carter

J. S. SCOTT

Sommaire

Brynn

J'ai l'impression d'avoir passé chacune de mes vingt-neuf années sur cette terre complètement privée de sucreries !

Ce fut donc avec beaucoup de difficulté que je secouai la tête face au serveur en smoking, puis que je le regardai s'éloigner de moi avec son plateau de pâtisseries. J'avais déjà consommé mes calories autorisées pour la journée rien qu'avec l'alcool, je ne pouvais donc pas en plus céder à la tentation de goûter à l'une de ces bombes glucidiques.

— Bravo, Brynn, commenta avec ironie mon amie, Laura, assise à côté de moi à la petite table. Je ne suis pas sûre d'avoir autant de retenue que toi, mais il faut dire que je n'ai plus aucune obligation de faire rentrer ce corps tout en courbes dans une petite taille, ajouta-t-elle.

— Moi non plus, lui rappelai-je en lui souriant. Et je note que toi aussi tu t'es abstenue de goûter aux pâtisseries.

À l'âge de vingt-neuf ans, j'avais encore une carrière de mannequin active, mais Laura et moi avions fait le pacte de veiller sur notre santé pour nous empêcher mutuellement d'être dangereusement minces dans nos carrières de mannequins. Nous étions liées par cette promesse, un souhait commun qui nous permettait de préserver notre santé physique et mentale dans une industrie obsédée par le poids et la taille de ses représentantes.

— J'ai un shooting photo le mois prochain, dit-elle. J'ai beau être un mannequin plus-size, je dois tout de même rentrer dans les jeans de la marque que je représente.

— Tu es magnifique, répondis-je d'un ton catégorique.

En plus d'être dotée d'un corps aux belles formes généreuses, elle était aussi d'une beauté renversante.

Depuis des années, Laura et moi militions pour une plus grande diversité des corps dans le mannequinat, et il s'agissait d'un combat long et difficile. De plus en plus souvent, l'industrie faisait appel à des modèles qui représentaient un mode de vie sain et réaliste, mais cela ne suffisait pas.

Le chemin à parcourir était malheureusement encore très long.

J'étais un modèle de taille trente-huit en pleine santé. Il y a quelques années de cela, je me sous-alimentais pour rentrer dans une taille trente-quatre, selon le souhait des créateurs de mode qui m'employaient. Mais après ma rencontre avec Laura et notre décision commune de ne plus détruire notre corps, mon état d'esprit avait changé. À l'époque, nous savions toutes les deux que nous étions sur une très mauvaise pente, aussi bien mentalement que physiquement. Et nous préférions encore changer de profession que de continuer ainsi. Nous nous sommes donc battues pour la diversité des corps en nous appuyant sur le nom que nous nous étions fait dans le métier.

Et nous continuions toujours à nous battre aujourd'hui.

Néanmoins, nous avions toutes deux atteint le sommet de notre art avec une corpulence qui nous convenait. Je considérais donc déjà cela comme une petite victoire.

Malheureusement, cela ne signifiait pas pour autant que je pouvais engloutir tout ce que je voulais.

J'adorais les pâtisseries mais celles-ci se déposaient directement *sur mes fesses*.

Même si notre combat nous tenait à cœur, Laura et moi étions des mannequins professionnelles. Nous devions donc manger sainement, faire de l'exercice, dormir suffisamment et rester en bonne santé.

— Mais j'ai trente-trois ans, dit enfin Laura avec nostalgie. À part quelques contrats très lucratifs, ma carrière est pratiquement terminée.

— Seulement parce que tu as envie que ta carrière se termine, soulignai-je en riant.

En effet, rien ne l'empêchait de continuer à faire du mannequinat. Elle avait tout simplement fait le *choix* de ralentir la cadence et d'être plus exigeante sur les missions qu'elle acceptait, tout comme moi.

Elle haussa les épaules.

— J'en ai marre de parcourir le monde. Et je suis plus heureuse depuis que nous avons lancé la ligne de vêtements *Perfect Harmony*.

J'étais moi-même beaucoup plus épanouie depuis que j'avais emménagé à Seattle il y a un an pour lancer notre propre entreprise de prêt-à-porter avec Laura, une gamme de vêtements correspondant à des femmes de n'importe quelle corpulence avec n'importe quel style.

Nous avions ouvert une petite boutique sur la quatrième avenue, dans le centre-ville. Je passais désormais la majeure partie de mon temps à concevoir des vêtements avec elle, des vêtements qui nous plaisaient à toutes les deux.

Je me sentais plus heureuse à Seattle que je ne l'avais jamais été à New York. Le rythme de vie n'y était pas beaucoup plus lent, mais l'ambiance de Seattle était...différente. Et notre marque *Perfect Harmony* correspondait parfaitement à cette ville.

Notre entreprise favorisait l'affirmation du style personnel de nos clientes plutôt que de suivre la mode du moment, et j'adorais chacune de nos créations. Laura et moi cherchions le parfait équilibre entre le confort et l'élégance. Entre le fonctionnel et la facilité d'entretien. Autant de critères qui n'existent pas dans le monde de la haute couture.

— Tu crois qu'on est restées assez longtemps ? demanda Laura.

Nous étions actuellement à une soirée caritative organisée pour une cause qui nous tenait toutes les deux à cœur : les victimes de violences conjugales. Mais je devais bien admettre que le succès était inattendu.

La salle était remplie d'hommes d'âge mûr vêtus de smoking, mais ils semblaient tous parler affaires pendant que leurs épouses attendaient patiemment à leurs côtés.

— J'ai déjà donné mon chèque, je pense donc que nous pourrons bientôt partir, répondis-je.

Mon objectif était de faire un don. Ma présence sur place jusqu'à la fin de l'événement n'avait donc pas d'importance.

Je n'avais rien contre une bonne fête, mais je sirotais lentement mon deuxième verre de la soirée pour éviter d'en boire un troisième.

— J'ai donné le mien aussi, dit-elle joyeusement.

Je balayai à nouveau la foule du regard, remarquant ainsi que la plupart des gens n'avaient pas vraiment bougé de leur place depuis notre arrivée. Tout le monde bavardait debout en petits groupes, ou bien assit à des tables comme celle que Laura et moi occupions.

Je préférerais tellement être à la maison à travailler sur le design de notre prochain sac à main plutôt que de paresser à cette fête.

Note à moi-même : *Contente-toi d'envoyer un chèque et ne perds pas ton temps avec la soirée de collecte de fonds.*

J'étais sur le point de dire à Laura que nous pouvions partir lorsque j'aperçus un visage familier.

En réalité, je ne connaissais pas vraiment cet homme, mais je savais exactement de qui il s'agissait.

— Il y a Carter Lawson, informai-je mon amie. Et le grand mec à côté de lui, je crois bien que c'est son frère aîné, Mason.

J'avais déjà vu de nombreuses photos de Carter Lawson. Les magazines à potins l'adoraient, ce qui n'était pas vraiment le cas pour ses frères Mason et Jett. En effet, le plus jeune et le plus âgé de la fratrie restaient à l'écart des projeteurs autant que possible. Mais Carter était le génie du marketing de leur énorme entreprise, tandis que ses frères s'occupaient de la conception des produits innovants que Lawson Technologies commercialisait à une vitesse presque effrayante.

— Il est sexy, déclara Laura d'un air émerveillé.

En effet, il était indéniable que Carter Lawson était plutôt séduisant. Bon, d'accord, peut-être *plus* que plutôt séduisant. À vrai dire, il était d'une beauté à tomber par terre. Et malgré mon mètre soixante-quinze, je pouvais affirmer qu'il était grand. Très grand. Le seul homme qui le dépassait était le gars bâti comme un bulldozer qui se tenait à côté de lui : son frère, Mason.

— Je suis d'accord, répondis-je enfin. Carter est clairement sexy.

— Je ne parlais pas de Carter, précisa Laura. Je parlais de son frère.

Mon regard quitta alors un parfait spécimen de virilité pour se poser sur son frère, qui se tenait à côté de lui. Mason était doté d'une beauté sauvage et il devait bien mesurer trois ou quatre centimètres de plus que Carter. Il était massif avec de larges épaules, mais son corps n'arborait rien de superflu. Il était tout simplement incroyablement athlétique.

— Il est séduisant, concédai-je.

— Il est bien plus que séduisant, répondit-elle sans quitter Mason des yeux.

— je crois qu'on les fixe du regard, lui dis-je.

— Je doute qu'ils s'en aperçoivent. Ils ont l'air d'être au beau milieu d'une conversation sérieuse.

Laura avait raison. Carter et son frère aîné n'étaient manifestement pas là pour s'amuser. Ils s'adressaient à deux hommes plus âgés, leurs visages stoïques. Pour eux, cet événement constituait probablement un moyen de conclure des affaires.

Je sentis un fourmillement glisser le long de ma colonne vertébrale et terminer sa course entre mes cuisses. Ce n'était pas une sensation à laquelle j'étais habituée, celle-ci me prit donc par surprise.

Je ne l'ai jamais rencontré, et pourtant, il m'attire. N'est-ce pas bizarre ?

Cela dit, quelle femme ne ressentirait pas le désir de traîner Carter Lawson jusqu'au lit le plus proche ?

Il glissa sa main dans la poche de son pantalon d'un air aussi détendu que s'il était à la maison devant un match de football. Le smoking qu'il portait semblait avoir été taillé pour lui par Dieu en personne. Mais ce n'était pas seulement son apparence physique qui m'hypnotisait. Il y avait autre chose.

Carter Lawson était magnétique, sophistiqué et il semblait être le maître de son univers. Pour une raison qui m'échappait encore, j'étais convaincue que tout cela n'était qu'une façade. Et c'est bien ce qui me fascinait le plus chez lui. Sa personnalité publique factice me permettait peut-être de m'identifier à lui.

Malgré mon assurance manifeste, je suis souvent accablée de doutes. Tout comme lui.

Personne ne voyait jamais mes faiblesses. Et je me doutais bien que personne ne voyait jamais celles de Carter Lawson.

Je ne pus m'empêcher de sursauter lorsqu'il orienta soudainement son regard dans ma direction, me clouant ainsi à ma chaise comme si j'étais un insecte dans une expérience scientifique.

Ce n'était pas une sensation agréable.

En réalité, j'étais très déstabilisée d'être la cible de son regard intense.

Pourtant, j'étais incapable de détourner mes yeux.

Il me regardait comme s'il pouvait voir dans mon âme. Je ne savais pas trop si j'étais effrayée ou bien hypnotisée à l'idée qu'il puisse voir la femme que j'étais vraiment alors que personne d'autre ne le pouvait.

Il m'a identifiée comme étant quelqu'un de semblable à lui.

En un instant, je ressentis son influence, en sachant néanmoins que son attitude était une sorte d'imposture.

Un sourire se forma lentement sur ses lèvres séduisantes. Il ne s'agissait pas d'un grand sourire, mais d'une petite esquisse sexy qu'un homme arbore juste avant d'emmener une femme au lit pour la transcender.

— Brynn Davis et Laura Hastings ? Oh mon Dieu. Je suis tellement heureusement de vous voir ici ! retentit une voix aiguë tandis que mes yeux étaient encore rivés sur Carter Lawson.

Toujours incapable de détourner mon regard de l'homme qui me mettait à nu, j'ignorai cette voix.

Mon cœur galopait dans ma poitrine et toutes les terminaisons nerveuses de mon corps étaient à vif.

J'étais littéralement envoûtée.

Captivée.

Et pour rien au monde je ne voulais rompre ce lien, aussi déconcertant puisse-t-il être.

— C'est bien nous, répondit chaleureusement Lara juste avant de me donner un petit coup de coude pour avoir mon attention.

Ce fut presque douloureux lorsque je dus détacher mes yeux de ceux de Carter. Son regard était un défi et j'avais envie de découvrir ce qu'il me défiait de faire. Néanmoins, par politesse, je cessai enfin de le regarder pour offrir mon attention à la personne qui venait de s'adresser à nous.

La jeune femme s'assit sur la chaise à côté de moi.

— Je m'appelle Stéphanie. Je suis tellement heureuse de vous rencontrer. Je ne voulais pas vous déranger mais je tenais juste à vous dire que j'adore votre blog sur l'image que nous avons de notre corps.

La jeune femme était très jolie et devait avoir dix ans de moins que moi.

— Merci de suivre notre blog, dis-je avec une sincère gratitude.

Pour un mannequin, la présence sur les réseaux sociaux et sur internet était essentielle. Notre blog et nos réseaux sociaux étaient suivis par des millions de femmes, et je leur en étais reconnaissante.

Sans elles, rien de tout ce que j'avais accompli n'aurait été possible.

— Ce blog égaye mes plus mauvais jours, dit-elle avec ferveur. Vous me rappelez sans cesse qu'il n'y a pas de honte à être différente.

Avec Laura, il s'agissait là de notre objectif principal. Nous étions dans un monde où la perfection était déterminée par des créateurs de mode qui seraient eux-mêmes incapables de rentrer dans leurs propres vêtements.

Laura et moi voulions aider les femmes à aimer leurs corps, même si elles ne correspondaient pas au moule créé de toutes pièces par notre société.

Stéphanie n'était certainement pas en surpoids, mais je savais désormais que la plupart des femmes qui avaient tendance à rejeter leur morphologie étaient dans une moyenne parfaitement normale. Dans un monde qui exigeait la perfection, il était très facile de trouver des défauts là où il n'y en avait pas.

— Parfait. C'est le but de notre blog, répondis-je avec un hochement de tête.

Avec Laura, nous écrivions toutes les deux des articles sur le blog de *Perfect Harmony* pour aider les femmes à s'accepter telle qu'elles sont plutôt que de se comparer aux autres.

— Vous êtes géniales, déclara Stéphanie d'un ton catégorique.

Je lui adressai un sourire. J'avais appris à accepter les compliments, du moins ceux qui concernaient ma marque.

Maintenant que Stéphanie était à notre table, d'autres femmes vinrent discuter avec nous.

Sa voix perçante avait probablement attiré l'attention des autres femmes présentes dans la grande salle.

Cela ne me dérangeait pas du tout, surtout lors d'un événement public. Sans les gens qui appréciaient notre travail, Laura et moi n'aurions jamais pu gagner des millions de dollars. Et cet argent m'a donné une liberté que j'étais reconnaissante d'avoir trouvée.

Nous avons alors beaucoup discuté de notre blog, un sujet qui nous passionnait Laura et moi, ainsi que des événements à venir au cours des prochains mois.

Laura sortit son téléphone et je fis de même afin de montrer certains de nos vêtements disponibles en boutique aux femmes réunies autour de la table.

— Oh mon Dieu, c'est magnifique ! dirent-elle en cœur tandis que nous parcourions notre gamme.

Certaines d'entre elles souhaitaient même se rendre dans notre magasin dès le lendemain.

Mission accomplie.

Nous étions toutes les deux très douées pour promouvoir nos propres produits. Nous l'avions toujours été.

Je poussai un soupir de soulagement quand, une heure plus tard, la foule autour de nous se dissipa, nous permettant ainsi de partir avec le sentiment du devoir accompli.

Je jetai un dernier coup d'œil en direction du beau Carter Lawson.

Il a beau me fasciner, il est dangereux.

Alors que cette pensée résonnait encore dans ma tête, je m'empressai de me préparer à partir avec Laura. J'avais appris à écouter mes instincts et je n'avais pas l'intention de les ignorer aujourd'hui.

Chapitre 2

Carter

Ça s'est bien passé, dis-je à mon frère, Mason, en regardant les deux hommes à qui nous avions parlé toute la soirée monter dans leur voiture et partir.

Je me retins de tirer sur le col de ma chemise de smoking tant l'humidité de Seattle était étouffante.

J'avais l'habitude de veiller à ne *jamais* avoir l'air mal à l'aise.

Mais bon sang, nous étions en plein été. Et même si je n'aimais pas trop le froid non plus, il était parfois nécessaire d'enfiler un smoking pendant les mois les plus chauds et les plus humides de l'année. Je veillais simplement à le faire dans des lieux climatisés.

Toutefois, si je pensais être actuellement incommodé par la chaleur, Mason semblait être en pleine souffrance. Il glissa sa main dans ses cheveux légèrement humides puis il s'empressa de déboutonner son col.

— Si seulement ils étaient partis une heure plus tôt, grommela-t-il. Ou alors nous aurions dû rester à l'intérieur. Il fait plus chaud qu'en enfer à l'extérieur. Tu crois qu'ils vont accepter de vendre ? demanda-t-il enfin avec hésitation.

— Je n'en sais rien, répondis-je avec un haussement d'épaules. Mais gagner leur confiance vaut bien la peine de transpirer un peu.

Mason me lança un regard irrité.

— J'en doute. Nous n'avons pas vraiment besoin d'acquérir leur entreprise.

Peut-être pas. Mais Lawson Technologies avait pour vocation de dominer le monde. Ainsi, racheter une entreprise concurrente qui, de surcroît, était en difficulté constituait un objectif que nous devions impérativement atteindre.

— Ce n'est peut-être pas nécessaire, concédai-je. Mais tu ne peux pas nier que tu aimes absorber ce genre d'entreprise.

— Oui, ils nous dérangent depuis des années, répondit Mason. Ils reproduisent tout ce que nous développons.

— Plus pour longtemps, prédis-je. Leur situation financière est catastrophique. Ils sont obligés de vendre.

— Nous verrons, conclut Mason avec agacement avant de retourner à l'intérieur.

Je le suivis sans parvenir à m'empêcher de sourire en voyant le front de mon frère perlé de sueur.

Mason ne quittait pas souvent son bureau. Certes, il voyageait beaucoup, mais seulement pour les affaires. Il se contentait donc passer de bureaux en bureaux à travers le monde, le tout à bord de son luxueux jet privé.

Ce n'était pas un problème de condition physique non plus. En plus d'avoir des salles de sport privées partout où il se rendait, mon frère aîné était aussi très discipliné.

Notre entreprise était au centre de sa vie. Il mangeait, respirait et dormait Lawson Technologies.

Pour être honnête, je commençais même à croire que Mason n'avait pas de vie sexuelle. Du moins, je ne voyais pas où il trouverait le temps pour cela.

Lors de notre retour dans la salle, mon regard se porta automatiquement en direction de la table où j'avais vu une femme que je souhaitais mettre dans mon lit. Étrangement, je poussai un soupir de soulagement en constatant qu'elle et son amie étaient toujours là.

La foule qui les entourait et qui m'empêchait de voir ce magnifique spécimen de femelle commençait à se dissiper.

Mason s'arrêta au bar pour prendre un verre, puis je commandai le mien.

En prenant distraitement ma boisson des mains du barman, je fus surpris de constater que le regard de mon frère était orienté dans la même direction que le mien.

— T'es intéressé ? demandai-je d'un ton plus rude que nécessaire.

Et s'il était intéressé, que cela changerait-il ? Je ne suis pas du genre possessif en matière de femme. Mason a probablement davantage besoin de cette distraction que moi.

Pour une raison qui m'était inconnue, mon esprit protestait vigoureusement contre l'idée que Mason emmène la séductrice brune dans son lit.

— Elle est magnifique. Je dirais même qu'elle ressemble à un ange, avoua-t-il difficilement, vraisemblablement réticent à dire qu'il trouvait une femme attirante.

— La brune ? demandai-je avec étonnement.

La belle inconnue ressemblait plutôt à une création du diable destinée à tenter un homme jusqu'à ce qu'il sombre dans la folie.

Quoi qu'il en soit, je ne la qualifierais certainement pas d'ange.

Elle était très sensuelle.

Séduisante.

Et elle me regardait intensément comme si elle pouvait lire en moi comme dans un livre – ce qui n'était bien évidemment pas le cas, sans quoi elle serait déjà partie en courant.

Ses cheveux noirs et bouclés arboraient des reflets cannelle qui me donnaient envie d'y glisser les doigts pour vérifier si cette chevelure était aussi douce qu'elle en avait l'air.

Mon attirance pour elle fut immédiate, et celle-ci n'était pas seulement physique. Il y avait quelque chose chez elle qui était... différent.

— Pas la brune, répondit Mason d'une voix étrange que je n'avais jamais entendue auparavant. La blonde, précisa-t-il.

Mon soulagement fut intense.

— Tu crois qu'on devrait aller se présenter à elles ? demandai-je.

Mon frère arracha son regard de la femme qui l'intéressait pour me regarder.

— Je ne suis pas du genre à harceler une inconnue, Carter.

— Ce n'est pas du harcèlement, ricanai-je. C'est tout simplement faire preuve d'aptitudes sociales.

— Dans ce cas, je ne suis pas *social*, gronda-t-il avant d'engloutir la moitié de sa boisson. Je retourne au bureau, ajouta-t-il ensuite.

Je jetai un rapide coup d'œil à ma montre hors de prix.

— Maintenant ? Il est vingt-deux heures passées.

— J'ai laissé des vêtements plus décontractés là-bas, et j'ai du travail à finir, répondit Mason.

— Non, tu n'as aucun travail à finir aussi urgemment, contestai-je. Mason, c'est précisément pour alléger notre charge de travail que nous avons embauché un PDG.

Après que notre frère cadet, Jett, se soit fiancé, nous avions tous convenu de cesser de travailler vingt-quatre heures sur vingt-quatre et sept jours sur sept pour notre entreprise. Nous avions également convenu de nous retrouver plus souvent avec nos deux sœurs dans le Colorado, mais aussi d'avoir une vie privée.

Lawson Technologies avait fait de nous des multimilliardaires, mais non sans sacrifier tous les autres aspects de nos vies, y compris nos relations familiales. Mes sœurs étaient mariées et installées. Jett était désormais fiancé et souhaitait donc passer plus de temps avec sa compagne, Ruby. Mon frère cadet voulait lui aussi retrouver sa famille. Même si Mason, Jett et moi-même dirigions la même entreprise, nous passions très peu de temps ensemble. Notre vie était animée par le travail et chacun de nous gérait un service différent de Lawson Technologies, ce qui signifiait que, même au travail, nous avions rarement l'occasion de nous voir.

Jett était le visionnaire et l'expert en cybersécurité de l'entreprise.

De mon côté, je m'occupais du marketing.

Quant à Mason, il s'occupait de tout ce qui permettait de faire grandir notre organisation. Il nous a permis d'être mondialement connus, et il travaillait dur pour conquérir les quelques pays où nous n'étions pas encore complètement implantés.

— Je vais à la fête de fiançailles de Jett et Ruby, déclara Mason comme s'il s'agissait d'un exploit majeur. Même si je ne comprends toujours pas pourquoi ils organisent cette fête maintenant. Ils sont fiancés depuis des mois, ajouta-t-il.

— Ruby est encore jeune, dis-je d'une voix traînante. Mais Jett souhaite célébrer leur union. Et il ne veut pas l'épouser trop rapidement à cause de son passé. Il veut lui laisser le temps de se retrouver.

Selon moi, mon petit frère était impatient de l'épouser. Mais je respectais son désir de ne pas mettre la pression à sa fiancée de vingt-trois ans qui venait de quitter une vie d'errance et de violence.

Cela ne signifiait pas pour autant que Ruby ne pouvait pas prendre elle-même cette décision. J'en avais moi-même fait les frais en essayant de causer leur séparation. Au début de leur relation, je pensais qu'elle cherchait simplement à manipuler mon petit frère riche mais balafré.

Mais pour une fois dans ma vie, j'avais tort.

Ruby m'a ouvert les yeux d'une manière que je n'oublierai sûrement jamais. Malgré le fait que Jett boitait légèrement lorsqu'il faisait trop d'efforts, et malgré les cicatrices qu'il portait après un accident d'hélicoptère presque mortel, Ruby l'aimait de tout son cœur.

J'en avais aujourd'hui la certitude.

Ce qui me semblait illogique et improbable tombait désormais sous le sens.

Mon jeune frère et sa fiancée encore plus jeune étaient faits l'un pour l'autre.

— Elle l'aime, grogna Mason avec satisfaction. Ruby est la femme parfaite pour Jett.

— Je suis d'accord.

— Mais je ne comprends tout de même pas pourquoi ils ont besoin d'une fête, ajouta-t-il avant d'avaler le reste de sa boisson. C'est une perte de temps. Ils sont déjà fiancés.

Je ne pus m'empêcher de sourire. Pour Mason, il n'y avait *jamais* une raison valable de célébrer quoi que ce soit.

— Tu n'as pas à comprendre, l'informai-je. Mais tu dois répondre présent. Danica et Harper seront également là avec leurs maris. Personne ne te pardonnerait ton absence.

— Je serai là, dit-il avec beaucoup de difficulté. Je ne voudrais pas manquer une occasion de voir toute la famille réunie.

Je le croyais. Mason était un homme de parole qui ne rompait jamais ses promesses.

— Rentre chez toi, lui conseillai-je en remarquant sa fatigue manifeste. Laisse un peu de travail à notre PDG ainsi qu'à nos cadres supérieurs. Nous n'avons plus besoin de travailler dix-huit heures par jour.

Mason haussa ses larges épaules.

— Que reste-t-il à faire ?

J'avalai le reste de ma boisson, posai le verre sur le bar et croisai les bras sur mon torse.

Mon frère aîné avait toujours été le plus sérieux de la fratrie. Mais il n'avait pas toujours été *si* détaché. Cela ne faisait aucun doute, passer tout son temps au travail l'avait rendu ainsi. Il était grand temps qu'il ralentisse un peu la cadence.

Mason avait l'air complètement épuisé. Il avait besoin de trouver d'autres domaines d'épanouissement plutôt que de se rendre malade pour une entreprise qui fonctionnerait désormais très bien sans nous.

Bon sang, je ne lui demandais pas de renoncer à son rôle au sein de Lawson Technologies. Ensemble, nous avions transformé notre entreprise familiale en mastodonte mondial.

À l'époque, notre travail acharné était nécessaire.

Aujourd'hui, ce n'était plus le cas.

En réalité, je ressentais de plus en plus le besoin de ressouder notre famille, tout comme Jett s'évertuait à le faire. Je n'avais pas l'intention de lui dire une chose pareille ce soir, mais je voyais bien à quel point nous nous étions tous éloignés les uns des autres.

Nous avions tous grandi à Rocky Springs, dans le Colorado. Après la mort de nos parents dans un accident de voiture, nous avions tous affronté cette épreuve différemment.

Nous avions tous fait notre deuil de manières très différentes.

Maintenant, il était temps que nous redevenions une famille.

Nous souffrions tous de la distance émotionnelle qui nous séparait, et pourtant, nous ne nous étions jamais réunis afin d'affronter la tragédie de la mort de nos parents ensemble. Nous avions peut-être besoin de cette distance pour panser nos plaies séparément. Mais bon Dieu, nous étions une famille, et il était temps d'agir comme une famille.

Certes, nous pouvions toujours compter les uns sur les autres dans les moments difficiles. Mais pourquoi ne partagions-nous pas aussi les bons moments ?

— Il n'y a pas que le travail dans la vie, suggérai-je. Ma vie privée n'était beaucoup plus remplie que la sienne, mais je ressentais le besoin et l'envie d'avoir une vie en dehors du travail.

— Comme quoi, exactement ? demanda-t-il en haussant un sourcil interrogateur.

— L'amour ? proposai-je. Comme ce que nos sœurs et Jett ont trouvé. Se soucier d'autre chose que de notre foutue entreprise.

J'étais peut-être mal placé pour en parler. Tout comme mes deux frères, j'étais moi aussi un bourreau de travail. Mais quelque chose de très désagréable m'était arrivé il y a quelques années. Quand Jett a eu son accident et que nous attendions de savoir s'il allait survivre, j'ai pris conscience que j'avais prêté très peu d'attention au monde qui m'entourait.

J'étais devenu un salaud, malheureux et désagréable. Je trouvais mon plaisir dans l'alcool, les femmes et dans tous ce qui pouvait m'attirer des ennuis.

Je m'en suis voulu de ne pas avoir pu protéger mon petit frère, alors je suis devenu excessivement protecteur. J'ai même essayé de creuser un fossé entre lui et Ruby parce que je redoutais qu'elle le manipule et le détruise encore plus qu'il ne l'était déjà.

J'avais tort. Ruby a changé la vie de Jett de la meilleure des façons qui soit. J'étais simplement trop stupide pour voir qu'elle l'aimait sincèrement.

Aujourd'hui, je faisais tout ce qui était en mon pouvoir pour corriger cette grossière erreur.

Peut-être que j'avais moi aussi fini par tomber un peu amoureux de Ruby. Pas de manière romantique, mais avec le même amour et la même admiration que j'avais pour mes propres sœurs.

— L'amour est réservé aux hommes comme Jett, déclara Mason avec mélancolie. Et Dieu sait qu'il le mérite.

— Cela signifie-t-il que nous sommes trop désabusés pour vivre la même chose ? demandai-je.

Je pensais bel et bien être une cause perdue. J'étais devenu beaucoup trop cynique pour vivre la même chose que Jett et Ruby. Mais peut-être que je pouvais encore apprendre à ne plus jamais être le salaud que j'étais auparavant.

— Oui, répondit Mason d'un ton bourru. Mais le verdict n'est pas encore tombé pour toi.

— Je ne suis pas du genre à tomber amoureux, dis-je avec un haussement d'épaules. Ça n'arrivera jamais. Je veux néanmoins que notre famille soit à nouveau heureuse et unie.

— Je crois que moi aussi, répondit-il avec un soupçon de regret dans la voix.

— Nous finirons par y arriver, lui dis-je. Nous sommes tous tellement impliqués dans nos vies respectives que nous en avons oublié que nous faisons partie d'une famille.

Mason croisa ses gros bras sur sa poitrine.

— Tu crois qu'on peut rectifier la trajectoire que notre famille a prise ? Bon sang, j'ai trente-quatre ans, et tu n'as que deux ans de moins que moi. Nous avons manqué beaucoup de choses.

— Nous ne sommes pas vieux, souris-je. Et oui, je pense que si nous le voulons vraiment, alors nous pouvons ressouder notre famille.

Existait-il un âge trop avancé pour cela ? Je ne pense pas. Il y a un an de cela, j'aurais peut-être eu les mêmes doutes que Mason. Mais après quelques moments très forts avec Jett juste après son accident et au cours des derniers mois, j'étais à peu près sûr que nous pouvions tous redevenir une famille.

Il ne nous restait plus qu'à trouver un moyen de le faire sans nos parents.

Nous avions tous eu assez de temps pour comprendre que nos parents ne reviendraient jamais et que nous n'avions plus que notre fratrie.

Nous étions tous très proches quand nous étions enfants.

Mais nous nous étions...perdus.

Mason me donna une tape sur l'épaule.

— Je me tire d'ici.

— Rentre chez toi, insistai-je.

— Je vais y réfléchir, répondit-il évasivement.

Je savais déjà qu'il avait la ferme intention d'aller au bureau.

— Je pense que je vais rester encore un peu, répondis-je en portant à nouveau mon regard en direction de la brune pétulante.

Mon attention était sur elle depuis le début de la soirée.

— Tu vas continuer à surveiller ta proie ? demanda-t-il.

— Je me contente de l'observer, corrigeai-je.

— Ne t'avise pas de regarder la jolie blonde qui l'accompagne, insista-t-il. Elle est beaucoup trop bien pour toi.

— Elle est toute à toi, l'informai-je.

— J'aimerais bien. Mais elle est trop angélique pour moi, grommela-t-il en se retournant pour s'en aller.

Sourires aux lèvres, je le regardai se diriger vers la sortie et disparaître à l'extérieur. J'étais à peu près sûr qu'il oublierait cette belle blonde sitôt qu'il se sera remis au travail.

Encore une fois, je ne pus m'empêcher de me demander si mon frère avait encore une vie sexuelle. Si ce n'était pas le cas, alors il n'y avait rien d'étonnant à ce qu'il soit si irritable.

Après avoir perdu de vue la silhouette de Mason, je me concentrai sur ma mission consistant à rencontrer la première femme qui avait attiré mon attention depuis très longtemps.

Je voulais la mettre dans mon lit.

Et j'obtenais habituellement exactement ce que je désirais.

— Merde ! jurai-je en constatant que l'inconnue était partie pendant que mon attention était sur mon frère aîné.

Chapitre 3

Brynn

Plus tard dans la soirée, je poussai un soupir en regardant à travers l'énorme baie vitrée de mon nouvel appartement.

Je venais d'emménager et j'étais entièrement satisfaite de mon nouveau logement. Je n'étais qu'à quelques centaines de mètres de ma boutique, et la vue imprenable que j'avais sur la ville était incroyablement apaisante.

Le chaos silencieux.

L'agitation urbaine était parfaitement silencieuse depuis le sommet de mon immeuble. Il y avait quelque chose de magique à contempler les lumières et le tumulte de la ville sans pouvoir l'entendre.

L'appartement avait aussi une belle vue sur la baie du Puget Sound et la ville s'étendait sur des kilomètres devant moi.

Ici, chez moi, je me sentais en sécurité. J'étais une simple observatrice, si loin de la folie de cette grande agglomération.

Laura n'habitait pas très loin d'ici, et j'aimais vivre avec elle avant de trouver mon propre logement, mais j'étais heureuse d'avoir enfin trouvé et acheté un lieu qui était mon chez-moi.

Les murs étaient désormais couverts de photos de mes multiples expériences dans de nombreux pays du monde.

Je souris en regardant les photos de moi et de ma mère au tout début de ma carrière de mannequin.

L'un des plus grands plaisirs de ma longue carrière était de savoir que le seul membre de ma famille proche était désormais à l'abri du besoin dans une belle maison de mon État natal, le Michigan.

Je ressentis néanmoins un pincement au cœur parce que je n'avais pas vu ma mère depuis plus d'un an, mais j'avais la ferme intention de lui rendre visite d'ici peu.

J'avais bien essayé de la convaincre de venir vivre ici, à Seattle, mais après avoir passé sa vie dans le Michigan, elle ne voulait pas partir.

Je comprenais parfaitement ce choix, mais après avoir passé une si grande partie de ma vie d'adulte loin de ma mère, j'espérais vivre un jour dans la même ville qu'elle.

Elle aimait le Michigan et elle y était heureuse. À vrai dire, j'étais à peu près sûre qu'elle détesterait vivre dans une grande ville après toute une vie passée dans une zone plus rurale.

Malheureusement, elle me manquait beaucoup même si je la savais heureuse. Il me restait au moins ces souvenirs de voyages avec elle au début de ma carrière.

Tout a commencé quand j'avais seize ans. Ma mère a alors tout sacrifié pour veiller à ce que je puisse me rendre sur mes différents lieux de travail partout dans le monde alors que j'étais encore mineure.

Ces dernières années de mon adolescence furent les plus belles de ma vie.

Cela nous a permis de voyager et de voir des choses que nous n'aurions jamais cru voir un jour.

Malheureusement, peu après mes dix-huit ans, un cancer du sein lui a été diagnostiqué, l'empêchant alors de m'accompagner.

En plus d'avoir reçu les meilleurs traitements possibles, sa sœur était là pour prendre soin d'elle. Mais étant sa propre fille, j'aurais moi aussi voulu être à ses côtés. Ma mère n'a jamais cessé de m'encourager quand ma carrière a décollé. Oui, elle me laissait payer ses soins puisqu'elle n'avait pas le choix. Mais elle a insisté pour que ma vie ne s'arrête pas à cause de sa maladie alors que ma carrière ne me permettait pas de passer beaucoup de temps dans cette petite ville du Michigan.

Après une très longue bataille ayant duré six ans, elle était enfin en rémission, libérée de cette maladie dévorante qui a bouleversé sa vie.

Ainsi, quand j'ai finalement décidé de ralentir ma carrière de mannequin, je lui ai proposé de me rejoindre à Seattle. J'avais encore besoin de travailler, aussi bien pour moi que pour prendre soin de ma mère financièrement. Elle disait être très bien là où elle se trouvait, et elle a insisté pour que je m'installe seule à Seattle où je pourrais faire évoluer ma vie professionnelle. Ma mère était heureuse d'être avec sa sœur. Ma tante, Marlene, a perdu mon oncle d'une crise cardiaque survenue il y a cinq ans. Aujourd'hui, non seulement les deux sœurs vivaient ensembles, mais elles étaient comme les deux doigts de la main.

Je pris mon téléphone avant de me vautrer sur le canapé pour appeler ma mère. Dans le Michigan, il était trois heures de plus qu'à Seattle, mais ma mère était du genre à vivre la nuit.

— Salut ma grande, dit-elle immédiatement après avoir décroché. Est-ce que tout va bien ?

— Tout va bien, la rassurai-je. Mais tu me manques.

— Tu me manques aussi, Brynn, dit-elle doucement. Mais je suis si fière de toi.

Je souris en constatant que ma mère était encore aujourd'hui ma plus grande fan.

— Tu as l'air bien éveillée, observai-je.

— Je viens juste de rentrer à la maison. Je suis allée prendre un café et manger une pâtisserie avec Mick.

— Tu le fréquentes toujours ? demandai-je avec inquiétude.

Mick était dans la vie de ma mère depuis plus d'un an. Selon elle, ils n'étaient qu'amis, mais je ne pouvais m'empêcher de me demander s'il n'y avait pas autre chose entre eux.

Même si je voulais son bonheur, j'étais méfiante à l'égard de tout homme qui se rapprochait de ma mère. Elle était encore très belle et sa personnalité pétillante ferait tomber n'importe quel homme.

Compte tenu de son passé, n'importe quel homme était suspect à mes yeux.

— Maman, es-tu sûre qu'il n'y a que de l'amitié entre vous ? demandai-je.

Je ne voulais certainement pas qu'elle souffre à cause d'un homme. J'avais appris à dissimuler mes insécurités au plus profond de moi, mais ma mère n'a jamais changé. Elle était comme un livre ouvert avec les autres, ses émotions visibles de tous.

— Et si ce n'était pas le cas ? demanda-t-elle prudemment.

— Alors je serais inquiète, soupirai-je.

— Brynn, Mick a son propre argent. Ce n'est pas ce qu'il recherche.

— Ce n'est pas le problème, avouai-je. Je ne voudrais simplement pas que tu sois déçue.

— Oh, chérie, dit-elle tendrement. S'il te plaît, ne laisse pas ce qui s'est passé...

— Ce n'est pas ce que je fais, l'interrompis-je en sachant très bien que j'étais en train de lui mentir.

— Est-ce que tu as rencontré quelqu'un ? demanda-t-elle sans grand espoir.

— Non, maman. Je suis trop impliquée dans mon travail. Je voyage beaucoup. Je suis très occupée.

— Tu ne voyages plus autant qu'avant, et tu as ton chez-toi maintenant, me rappela-t-elle. J'aimerais vraiment avoir un petit-fils ou une petite-fille avant que je ne sois trop vieille pour jouer avec.

— Ne compte pas trop là-dessus, dis-je avec humour. Je ne fréquente personne.

En réalité, je ne fréquentais jamais personne. J'avais bien essayé de rencontrer des hommes, mais sitôt que la relation devenait trop sérieuse, je prenais la fuite aussi vite que possible.

J'aimais le sexe, comme n'importe quelle femme, mais les complications d'une relation amoureuse étaient bien trop étouffantes.

— Les hommes ne sont pas tous les mêmes, Brynn, insista-t-elle.

Mon expérience me suggérait pourtant le contraire.

— Je sais, maman, répondis-je néanmoins.

Cela faisait plus de dix ans que je n'avais pas laissé un homme s'approcher de moi, et je ne voyais pas la situation changer de sitôt. En réalité, je pense que la situation ne changera plus jamais.

Je fréquentais parfois des hommes pour me divertir.

Je couchais avec eux si je le souhaitais.

Puis je disparaissais.

C'était bien plus sûr de cette manière.

Avant de raccrocher, je continuai à parler un bon moment avec ma mère, de notre famille dans le Michigan, de la météo, de ma boutique et d'une myriade d'autres choses.

— Ne laisse pas ton passé décider de ton avenir, me dit-elle avec beaucoup de sérieux.

— Ne t'inquiète pas, ça n'arrivera pas, acquiesçai-je même si je savais pertinemment que je luttais encore contre mes démons.

Ma mère n'avait aucune difficulté à tourner la page.

Quant à moi, je ne pensais pas pouvoir y parvenir un jour.

— Je t'aime, lui dis-je.

— Je t'aime aussi, chérie. Essaie de travailler sur ces petits-enfants. Tu es ma fille unique.

Oh Seigneur, voilà la culpabilité qui arrive au grand galop.

— D'accord, maman.

Après avoir conclu la conversation, je raccrochai et jetai mon téléphone portable sur la table basse située devant le canapé.

Je pris un énorme coussin que je serrai contre mon corps.

Mis à part Laura, ma mère était la seule personne sur qui je pouvais compter.

Je n'avais pas besoin d'un homme pour être comblée.

Cependant, j'avais beau être satisfaite de la femme que j'étais devenue, je me sentais de plus en plus seule ces derniers temps. Cela venait peut-être du changement de ville. Je n'avais pas beaucoup d'amis ou de connaissances ici, à Seattle. Je les avais tous laissés derrière moi en quittant New York.

Les fêtes me manquaient.

Avant, j'étais tellement occupée que je n'avais jamais le temps de réfléchir.

À New York, je connaissais des tonnes de gens qui m'accompagnaient voir une exposition, un spectacle, prendre un verre ou toute autre activité qui m'occupait l'esprit.

À Seattle, je me sentais chez moi, mais je découvrais aussi qu'être installée quelque part de façon permanente était en réalité... dangereux.

J'avais désormais beaucoup trop de temps libre pour examiner ma vie au microscope.

Je pensais beaucoup trop à mon avenir.

Pour la première fois depuis toujours, j'affrontais le fait inéluctable que ma carrière de mannequin ne tarderait pas à prendre fin. Je devais donc vraiment réfléchir à mon avenir.

J'étais encore une égérie pour *Easily Beautiful,* l'une des plus grandes entreprises de cosmétiques de luxe. Et mon contrat très lucratif ne se terminerait pas avant un an.

Je n'avais aucune inquiétude à me faire à propos de mes finances. Mon aventure de mannequin à succès m'avait rendue riche, mais surtout, j'étais tellement occupée à voyager que je n'ai jamais vraiment eu le temps de m'introspecter.

Ce n'était plus le cas aujourd'hui.

Et c'était plutôt désagréable.

Je fermai les yeux et respirai profondément pendant quelques instants.

Cultiver un état de pleine conscience m'a aidée à traverser toutes ces années de ma folle vie professionnelle.

Ne te soucie pas du passé.

Ne t'inquiète pas pour l'avenir.

La seule chose qui compte et qui est bien réelle, c'est le présent.

J'essayais d'être dans l'instant présent en restant attentive à la place que j'occupais dans le monde qui m'entourait.

Par le biais de ma respiration, j'essayais d'entretenir le lien entre mon corps et mon esprit.

Cette technique a toujours fonctionné.

Malheureusement, je ne retrouvais pas ce soir la paix dont j'avais besoin. Mon cerveau était déterminé à tout examiner et je ne parvenais pas à faire taire mes pensées négatives.

Brynn

Le lendemain matin, je me réveillai tôt afin de me rendre dans la salle de sport ultramoderne accessible aux résidents de l'immeuble.

Je n'ai jamais été du genre à vivre dans la mélancolie et je n'avais pas l'intention de commencer maintenant.

Faire un peu d'exercice me ferait le plus grand bien. Du moins je l'espérais.

Ainsi, je fourrai mon maillot de bain dans mon sac de sport. Ce n'était pas pour rien que je payais des charges mensuelles considérables. Mon immeuble était équipé de toutes les commodités imaginables et j'avais la ferme intention de profiter de tout.

Avant de quitter mon appartement, je fis quelques minutes de méditation, puis un peu de yoga pour assouplir ma musculature et contraindre mon esprit à s'éloigner de tout sauf de l'instant présent. Je m'emparai ensuite de mon sac et sortis de mon appartement.

Après avoir verrouillé la porte derrière moi, je me dirigeai vers l'ascenseur – pas question de monter et descendre vingt-trois étages tous les jours. J'avais beau être en excellente forme physique, je n'étais pas masochiste.

Je regrettai néanmoins cette décision sitôt que les portes s'ouvrirent et que je découvris qui se trouvait à l'intérieur de l'ascenseur.

Toutes les hormones sexuelles féminines de mon corps s'éveillèrent à la seconde où mon regard se posa sur Carter Lawson.

Le legging de sport moulant et extensible ainsi que le débardeur que je portais me donnèrent soudainement l'impression d'être nue. Correction : la façon dont il me regardait me donnait l'impression d'être nue.

Comme la veille, lors de la soirée caritative.

Carter était outrageusement beau et dangereux.

Je restai figée, si bien qu'il dû me faire signe d'entrer dans l'ascenseur.

Je me décidai enfin à faire un pas en avant, agacée par ma propre réaction. Je ne le connaissais même pas. Même s'il était beau comme un Dieu, je n'avais aucune raison d'être affectée de la sorte. *Aucune raison.*

Je voyais pourtant régulièrement de très beaux hommes dans ma profession.

En réalité, je côtoyais les modèles masculins les plus sexy de la planète, je travaillais même avec eux.

Cependant, mes mamelons ne s'étaient jamais dressés ainsi après un simple regard. Et je n'avais certainement jamais ressenti l'envie de me jeter sur eux et de les supplier d'apaiser le désir qui m'accablait actuellement.

Ses yeux sont tellement bleus.

Carter a gagné au loto de la génétique. Pourquoi diable ses yeux étaient-ils si magnifiques ?

J'arrachai mon regard du sien, puis je m'appuyai contre la paroi opposée de l'ascenseur en m'efforçant de l'ignorer.

Malheureusement, une fois les portes fermées, son odeur inonda l'espace confiné. Ainsi, non seulement je ne pourrais jamais oublier son allure dans son costume bleu foncé sur-mesure, mais je pouvais de surcroît le *sentir.*

— Vous allez à la salle de sport ? demanda-t-il nonchalamment d'une voix de baryton qui fit vibrer l'intégralité de mon anatomie.

Sa voix était comme un bon whisky, et tellement plus sexy que je n'aurais pu l'imaginer.

— Oui, répondis-je sans parvenir à dissimuler mon embarras. Et à la piscine, ajoutai-je.

— Ce sont de belles installations, commenta-t-il. Vous habitez ici depuis longtemps ? Je ne vous avais encore jamais vue.

Pourquoi diable tout ce qu'ils disaient me paraissait si sexuel?
Je commence à fantasmer.

Je ne le regardais toujours pas parce qu'il me mettait mal à l'aise, mais je pouvais sentir son regard sur moi.

— J'ai acheté un appartement ici, répondis-je avec un haussement d'épaules. J'ai emménagé la semaine dernière.

Je voulais vraiment qu'il cesse de parler. Sa voix était comme un chant nuptial, et j'étais assurément en chaleur.

— J'occupe l'appartement toit-terrasse, au dernier étage de l'immeuble, dit-il d'une voix traînante.

Évidemment. Je n'étais pas surprise. Seul un milliardaire pouvait se permettre d'acquérir un tel logement.

Je me décidai enfin à le regarder, mais je le regrettai presque aussitôt. Une sensation déconcertante glissa le long de ma colonne vertébrale, se propagea dans chacune de mes vertèbres, jusqu'à ce que toute cette énergie s'accumule enfin directement entre mes cuisses.

— Vous n'avez pas votre propre ascenseur ? lâchai-je, agacée de paraître si désagréable.

Son sourire s'élargit, comme s'il savait à quel point sa présence m'affectait, puis il haussa les épaules.

— Il est en réparation.

Et, tout comme moi, il était hors de question qu'il emprunte les escaliers. Je ne pouvais pas lui en vouloir. Il avait l'air habillé pour aller travailler, tiré à quatre épingles.

En le regardant, je cherchai une imperfection qui le rendrait plus humain, mais je n'en vis pas une seule. Je me doutais que tout ce que faisait Carter Lawson était parfaitement calculé.

— Pauvre de vous, répliquai-je d'un ton sensiblement sarcastique

Oh Bon Dieu ! Je devais sortir de cet ascenseur de toute urgence. Je commençais à me transformer en une garce détestable.

Mon talent pour être toujours aimable en public semblait s'être envolé.

La proximité physique de Carter me rendait si nerveuse que je comptais chaque milliseconde jusqu'à ce que je puisse m'échapper.

J'étais sur le point de pousser un soupir de soulagement quand l'ascenseur s'arrêta juste avant le rez-de-chaussée.

Il me fallut néanmoins un instant pour comprendre que Carter avait appuyé sur le bouton d'arrêt d'urgence.

Son visage était désormais beaucoup moins chaleureux et beaucoup plus féroce.

Mon estomac se noua.

— Qu'est-ce que vous faites ?

— Je veux dîner avec vous, dit-il comme s'il s'agissait d'un ordre. Nous nous sommes vus hier à la soirée caritative. Il y a un lien entre nous. Vous savez très bien de quoi je parle. Ce doit être le destin qui nous a mis dans cet ascenseur. J'avais l'intention de vous retrouver de toute façon, mais maintenant vous êtes là, et nous habitons dans le même immeuble.

— Je ne suis pas obligée d'accepter, haletai-je lorsqu'il se rapprocha de moi et je ne crois pas au destin. Je pense que nous construisons notre propre destinée.

— Je n'y crois pas non plus d'habitude, gronda-t-il. Je ne suis pas du genre à laisser quoi que ce soit au hasard.

— Je suis occupée, dis-je précipitamment.

— Ce soir ? demanda-t-il en fronçant les sourcils.

— Tous les soirs, répondis-je alors qu'il se rapprochait de plus en plus de moi.

Carter me coinça contre la paroi de l'ascenseur, une main de chaque côté de ma tête, son corps si près du mien que je dus réprimer un gémissement.

— Menteuse, grogna-t-il. Tu es tout aussi intriguée que moi, si je peux me permettre de te tutoyer. Nous ressentons la même alchimie.

Je ne comprends pas trop pourquoi, mais je veux le comprendre. Et je pense que toi aussi.

— Peut-être que je ne suis tout simplement pas intéressée. Je n'aime pas les hommes trop insistants, lançai-je. Maintenant, remets cet ascenseur en marche. Je pense que la réception est déjà au courant que nous sommes coincés. Ils vont appeler les pompiers.

— Je m'en fous, répondit-il. Il te suffit d'accepter mon invitation à dîner et j'appuierai sur le bouton.

Je dus lever la tête pour le regarder, ce qui était rare pour un mannequin plus grand que la plupart des hommes.

— Je ne suis pas intéressée, dis-je avec une fermeté peu convaincante.

Une odeur de bois de santal et de mâle dominant se dégageait de lui, une odeur totalement enivrante dans laquelle je voulais me noyer.

Mais j'étais principalement affectée par ses yeux. Ses yeux bleus arboraient désormais une lueur de désir qui, étrangement, déclencha aussi quelque chose en moi.

— Dîner, insista-t-il.

— Non, répliquai-je.

— Dans ce cas, j'ai vraiment besoin de ceci, dit-il.

Je sentis son souffle chaud contre mes lèvres, puis il s'empara de ma bouche.

Il m'embrassa alors comme si c'était aussi naturel que de respirer, et j'ouvris mes lèvres pour le laisser me consumer. Je me sentis enveloppée dans un monde où il n'existait plus que lui, et je me sentis incroyablement vivante tandis qu'il prenait le contrôle de chacune de mes émotions.

J'avais déjà été embrassée. De nombreuses fois. Mais jamais de cette façon.

Ses lèvres jouaient avec les miennes comme pour me promettre un univers de plaisir que je n'avais jamais visité auparavant.

Seules nos lèvres se touchaient, mais il n'avait pas besoin d'établir un contact physique supplémentaire. Sa bouche, chaude et délicieuse, faisait complètement de moi sa prisonnière.

— Arrête, criai-je après avoir tourné la tête dans un geste de panique tout en poussant désespérément contre son corps massif.

Carter fit immédiatement un pas en arrière pour mettre un peu de distance entre nous, mais je me sentais toujours captive de son aura envoûtante.

D'une main tremblante, je tâtonnai pour appuyer sur le bouton qui fit repartir l'ascenseur.

Je dois sortir d'ici. Je dois m'échapper.

Dès que les portes s'ouvrirent, je sortis en courant sans prêter attention au personnel de l'immeuble qui ne semblait pas comprendre le dysfonctionnement de l'ascenseur.

— Attends ! cria Carter derrière moi. Je suis désolé, dit-il en saisissant mon bras pour m'arrêter dans ma course alors que je fonçais vers la salle de sport.

Je me retournai pour lui faire face avec colère maintenant que je n'étais plus à sa merci dans un espace confiné.

— Si tu me touches une fois de plus, je te mets par terre avec ma bombe lacrymogène, le menaçai-je.

Carter parut surpris.

— Tu as une bombe lacrymogène ?

Bien sûr que oui. J'ai vécu à New York. Je détenais également un pistolet électrique paralysant, même si ce type d'arme est illégal là-bas.

— Oui, répondis-je lentement sans le quitter des yeux.

— Est-ce que je t'ai fait peur ?

— Non, niai-je.

Je ne craignais pas pour mon intégrité physique, mais Carter me terrifiait d'une manière bien différente. Instinctivement, je savais qu'il ne me ferait aucun mal physiquement, mais je n'étais pas prête à risquer ma santé émotionnelle. Et ce qui venait de se passer dans l'ascenseur m'avait mis une sacrée trouille.

Je ne perdais habituellement pas le contrôle.

Je ne cédais jamais face à un homme. *Jamais.*

Et je n'étais certainement pas du genre à embrasser un inconnu dans un ascenseur.

Je retirai mon bras de sa prise et je fis un pas en arrière, mais je refusai de céder. Dieu merci, il n'y avait personne dans le couloir menant à la salle de sport. La plupart des gens étaient partis au travail.

Carter fronça les sourcils.

— Écoute, je ne sais pas trop ce qui m'est arrivé. Je voulais sincèrement t'inviter à dîner, mais je suis aussi étrangement attiré par toi d'une manière qui m'échappe un peu. Je m'appelle Carter...

— Lawson, l'interrompis-je. Cofondateur de *Lawson Technologies*, aux côtés de tes deux frères, Jett et Mason. Je sais qui tu es. Et je ne suis toujours pas intéressée.

— Si tu n'es pas intéressée, pourquoi en sais-tu autant sur moi ?

— Il se trouve que je fais partie des premiers actionnaires de *Lawson Technologies*. J'ai placé beaucoup d'argent dans ton entreprise sitôt qu'elle a été cotée en bourse. Je sais donc deux ou trois choses à ton sujet.

Ses lèvres esquissèrent un sourire.

— Je suis donc en position de faiblesse.

— Je parie que ça n'arrive pas souvent, marmonnai-je.

— Presque jamais, confirma-t-il.

Un résident de l'immeuble sortit de la salle de sport et nous adressa un regard perplexe. Je pris alors conscience que nous réglions nos comptes en public.

Carter n'aurait jamais dû m'embrasser, mais j'aurais facilement pu le repousser. Il a d'ailleurs arrêté sitôt que j'ai manifesté mon refus de continuer.

Je n'étais pas du genre à m'enfuir par peur. Carter Lawson m'a juste pris par surprise.

— Brynn Davis, dis-je en lui tendant ma main à contrecœur.

Il s'en empara immédiatement.

— On fait la paix ? demanda-t-il.

Je le regardai en haussant un sourcil.

— Pour l'instant. Évite simplement de m'embrasser.

— Je ne peux rien te promettre à ce sujet, dit-il en relâchant lentement ma main. Mais la prochaine fois, tu n'auras aucune envie de me repousser. Je te le garantis. Je te demanderai même la permission avant d'agir.

Son charme était irrésistible. Il pourrait probablement convaincre un habitant de Seattle que la ville avait besoin de plus de pluie et de moins de soleil.

— Il est peu probable que je te donne un jour la permission de m'embrasser, répliquai-je.

Il me regarda un moment avant de demander : — Brynn Davis ? Le mannequin ?

Je lui répondis par un simple hochement de tête.

— Tu n'as jamais fait de publicités pour *Lawson Technologies* ? Ça expliquerait pourquoi ton visage m'est si familier.

Il avait vu juste. Et j'étais impressionnée qu'il se souvienne de mon nom.

— En effet. Mais c'était il y a longtemps.

À l'époque, j'étais particulièrement heureuse de travailler sur une campagne publicitaire pour *Lawson Technologies* compte tenu de mes investissements dans l'entreprise. Mais je dois dire que je fus plus tard soulagée de constater qu'ils avaient préféré mettre en avant leurs technologies plutôt que d'essayer de rendre l'entreprise sexy.

— Ce n'est pas si vieux, songea-t-il. Et raison de plus pour dîner avec moi. Nous avons un lien professionnel.

Une fois de plus, il m'adressa ce sourire mystérieux, celui qui me faisait fondre sur place.

— Une actionnaire et ancienne mannequin de publicité pour ta marque ne constituent pas un *lien professionnel*.

— Je suis du genre à voir le verre à moitié plein, argumenta-t-il. *Oui. Horriblement charmant.*

— Je ne suis toujours pas intéressée. Je n'ai pas le temps de fréquenter un homme. Je suis occupée. Je lance ma propre gamme de vêtements avec une amie, et je suis encore sous contrat pour des missions de mannequinat.

— Qui a parlé de me fréquenter ? dit-il d'une voix presque innocente. Ce n'est qu'un dîner.

Sans pouvoir m'en empêcher, je m'approchai de lui pour ajuster sa cravate. Celle-ci était probablement de travers depuis qu'il m'avait embrassée dans l'ascenseur, ce qui se voyait comme le nez au milieu de la figure sur un homme dont l'apparence était toujours impeccable. Je tapotai le revers de sa veste lorsque j'eus terminé.

— Je vous souhaite une bonne journée, monsieur Lawson. Continuez à faire de l'argent pour vos actionnaires. Je vais faire ma séance de sport.

— Je n'arrêterai pas d'essayer, me prévint-il alors que je lui tournai le dos pour m'en aller.

Maintenant qu'il ne pouvait plus voir mon visage, je pus enfin sourire.

— Et je continuerai à refuser, marmonnai-je en m'éloignant de lui.

La réussite de Carter venait assurément de sa ténacité.

Heureusement pour moi, je pouvais être tout aussi têtue que lui.

Chapitre 5

Carter

J'ai embrassé une femme dans l'ascenseur aujourd'hui, confessai-je à mes frères Mason et Jett plus tard dans la journée. Je ne la connaissais pas vraiment, mais je n'ai pas pu résister, ajoutai-je.

Je n'étais pas du genre à raconter mes péchés à mes frères. Surtout qu'ils n'hésitaient généralement pas à se moquer de moi.

J'étais encore sous le choc de ce qui s'était passé ce matin, et je ne comprenais toujours pas ce qui m'avait poussé à embrasser Brynn Davis. Je n'étais pourtant pas une sorte de pervers qui embrasse toutes les femmes qu'il désire.

Mon approche était habituellement beaucoup plus subtile et sophistiquée.

Au risque de paraître prétentieux, je pouvais honnêtement affirmer que je n'avais aucune difficulté à trouver une femme qui m'embrasserait bien volontiers. Que m'a-t-il pris de draguer la seule femme célibataire de Seattle qui n'était *pas* intéressée par moi ?

Mais voyez-vous...le problème venait peut-être de là. Brynn constituait un défi comme je n'en avais pas relevé depuis longtemps.

Cependant, je ne m'attendais pas à ce qu'elle me repousse, ce qui était particulièrement déroutant puisque je voulais la mettre dans mon lit depuis que je l'avais vue pour la première fois.

Je n'étais pas du genre à courir après les femmes. Ce n'était pas nécessaire. Et je n'avais encore jamais embrassé une femme sans avoir la certitude qu'elle en avait envie. J'avais la sensation que mon corps et mon esprit étaient sous l'effet d'un sortilège et qu'un Carter inconnu avait embrassé Brynn Davis.

Mason haussa un sourcil.

— Tu n'as pas pu résister alors que tu ne la connais même pas ?

— Tu te souviens des deux femmes que nous avons vues à la soirée caritative ? demandai-je.

— Ouais, répondit-il d'un air perplexe.

Je poussai un soupir tout en m'appuyant contre le dossier de ma chaise de bureau.

— C'était elle. J'ai appris qu'elle habite dans le même immeuble que moi.

— La brunette ? demanda-t-il.

— Oui, et il se trouve qu'elle est encore plus belle de près, répondis-je en hochant la tête d'un air mécontent.

Brynn Davis m'a attrapé par les testicules sitôt que ses beaux yeux marron ont regardé dans les miens, après quoi j'ai complètement perdu la tête.

— Que s'est-il passé ensuite ? demanda Jett.

— Elle m'a repoussé, répondis-je.

J'entendis Mason rire – ce qui ne lui ressemblait pas – juste avant qu'il ne réponde : — Alors elle n'était pas intéressée ?

— Je l'ai invitée à dîner et elle a refusé.

— Waouh. Qu'est-ce que ça fait de subir un rejet ? ricana Jett. Je parie qu'il y a longtemps que ça ne t'était pas arrivé.

J'adressai un regard noir à mon petit frère.

— Probablement pas depuis le lycée, et ce n'est pas agréable.

Les femmes tombaient généralement à mes pieds. Et je ne dis pas cela par orgueil. Il s'agissait simplement de…la vérité.

Quand un homme est à la fois célibataire et richissime, alors de nombreuses femmes veulent faire de cet homme leur mari.

Malheureusement pour elles, je fuyais l'engagement comme la peste. *Aucune* femme au monde ne pouvait m'attirer dans ce genre de relation. Je ne tarderais pas à me sentir étouffé.

— Est-ce que tu en sais davantage à son sujet ? demanda Mason avec curiosité. Et surtout, en sais-tu davantage au sujet de son amie blonde ?

— Elle est mannequin. Brynn Davis. Elle a fait un shooting pour une de nos publicités il y a quelques années. À l'époque, nous n'avions pas réussi à convaincre son agent d'utiliser son image en exclusivité pour notre marque, alors nous avions changé de stratégie. Elle est belle et intelligente.

Et elle me déteste ! Mais je m'abstins de communiquer ce dernier point à mes frères.

— Et la bonde ? répéta Mason avec agacement.

Ah, intéressant. Mason n'avait pas oublié la jolie blonde.

— Je suppose qu'elle travaille aussi dans le mannequinat. Je n'en sais trop rien, en fait. Brynn et moi n'avons pas vraiment eu le temps de nous raconter nos vies, grommelai-je. Elle était sacrément en colère.

— Qui était sacrément en colère ? demanda la fiancée de mon frère Jett en entrant dans mon bureau, vraisemblablement à la recherche de son fiancé.

Je me sentis un peu mal à l'aise en découvrant l'expression joyeuse de Ruby. Je m'en voulais toujours de la façon dont je l'avais traitée par le passé.

Maintenant, Ruby était ma plus grande supportrice, et je devais bien admettre que je l'adorais comme si elle était une de mes sœurs. Il était impossible de ne pas apprécier Ruby. Elle était jeune et brillante. Et malgré tout ce qu'elle avait vécu avant de rencontrer Jett, Ruby était la femme la plus gentille de la planète.

De surcroît, elle m'a pardonné d'avoir été un tel enfoiré.

— Une femme l'a envoyé paître aujourd'hui après qu'il l'ait embrassé dans l'ascenseur de son immeuble, expliqua mon frère cadet.

— Ah oui ? commenta Ruby en me regardant avec inquiétude. Tu as vraiment fait ça ?

Je répondis par un hochement de tête affirmatif.

Elle donna une tape sur le bras de Jett en s'asseyant sur la chaise située à côté de lui.

— Arrête de te moquer de Carter. Ce n'est pas marrant d'être rejeté. Est-ce que ça va ? demanda-t-elle en portant son attention sur moi.

Je commençais à me sentir un peu gêné. Je n'avais pas l'habitude de révéler mes sentiments aux autres.

— Je devrais m'en remettre, lui dis-je avec le sourire. Tous les hommes se font rejeter de temps en temps.

Je retrouvai le moral à la seconde où Ruby m'adressa un sourire radieux.

Elle avait un véritable don. Elle se souciait des autres et n'hésitait pas à poser beaucoup de questions. Ainsi, je ne fus pas surpris lorsqu'elle demanda : — Pourquoi l'as-tu embrassée ? Et comment vous êtes-vous rencontrés ?

Étonnamment, c'est Mason qui lui expliqua que Brynn et moi nous étions aperçus lors d'une soirée caritative et que nous n'avions fait connaissance *qu'après* mon baiser volé.

— Tu n'aurais peut-être pas dû la coincer dans un ascenseur, conclut enfin Ruby. Tu aurais pu lui faire peur. Et honnêtement, Carter, tu n'avais aucun droit de la toucher comme ça.

Ruby avait parfaitement raison, et je me sentais encore sacrément coupable de m'être comporté de la sorte, causant une grande hostilité entre moi et Brynn.

À ce stade, il ne me restait plus qu'à plaider la folie, ce qui était probablement la vérité de toute façon.

— Je ne sais même pas pourquoi j'ai fait ça, avouai-je. Je fantasmais à l'idée de la mettre dans mon lit, et l'instant d'après je l'embrassais. Je ne comprends pas ce qui m'a pris.

Je n'étais sincèrement pas du genre à accoster une femme dans un ascenseur.

Généralement, les femmes venaient à *moi*.

— Quand on trouve la bonne personne, on le sait au fond de nous-même, commenta Ruby avec fantaisie en regardant son fiancé avec adoration.

Comme je ne voulais pas nuire à sa bonne humeur et voir la déception sur son visage, je restai muet.

Mais en réalité, je souhaitais *coucher* avec Brynn, et non vivre une *romance* avec elle.

Sans trop savoir pourquoi, je ressentais le besoin d'exorciser ce désir. Je pensais tellement à elle que cela me distrayait de mon travail, ce qui ne m'était encore *jamais* arrivé.

D'habitude, je me contentais de m'envoyer en l'air, après quoi mes partenaires étaient vite oubliées. Aucune d'entre elles n'est jamais parvenue à détourner mon attention de mon entreprise.

Certes, j'avais littéralement perdu la tête ce matin, mais je devais bien reconnaître qu'il y avait quelque chose de différent chez Brynn. Je ne parvenais tout simplement pas à mettre le doigt sur ce *quelque chose*.

Mason ricana avant de dire : — Je ne crois pas qu'il cherche l'amour, Ruby.

Elle foudroya mon frère aîné du regard.

— Tu n'en sais rien, Mason. Et l'amour n'est pas le genre de chose qui se prévoit à l'avance. Ça nous...tombe dessus. En toute honnêteté, je pense que toi et Carter auriez bien besoin d'une femme de caractère.

Je ne pus m'empêcher de rire en regardant Mason qui semblait désormais très mal à l'aise.

— J'avais juste envie de l'embrasser. Ce n'était pas prémédité. Et je l'ai immédiatement regretté en la voyant partir en courant comme si j'étais une sorte de monstre.

— Tu pourrais t'excuser d'avoir été un imbécile, suggéra Ruby.

— Je ne m'excuse jamais d'être un salaud, l'informai-je.

Bon. D'accord. Je m'étais très brièvement excusé auprès de Brynn, mais je ne lui avais pas présenté des excuses sincères comment j'aurais pu le faire. Être contrit n'était pas vraiment dans ma nature.

Ruby croisa les bras sur sa poitrine.

— Il y a un début à tout. De toute évidence, elle te plaît, et tu as largement dépassé les limites en l'embrassant sans son consentement.

Je m'abstins d'informer ma future belle-sœur que j'avais aussi appuyé sur le bouton d'arrêt d'urgence dudit ascenseur avant d'embrasser Brynn. Elle n'avait pas vraiment besoin de le savoir.

— Ce dont j'ai vraiment besoin, c'est de l'oublier.

Contrairement à Jett, je n'étais pas fait pour la monogamie. Je ne ressentais pas nécessairement le besoin de multiplier les partenaires sexuelles. Je n'avais tout simplement ni le temps ni l'envie de veiller au bonheur et à la satisfaction d'une femme dans une relation amoureuse.

La majeure partie de ma vie d'adulte avait été rythmée par la croissance de *Lawson Technologies*, et je ne savais rien faire d'autre. Ainsi, à certains égards, je pouvais m'identifier à Mason. Toutes les autres priorités de la vie se retrouvaient reléguées au second rang, et à vrai dire, je ne saurais même pas comment changer cela. Jusqu'à présent, j'étais satisfait de mon rôle d'homme d'affaires.

Ruby se leva et me lança un regard désapprobateur.

— Jett et moi sortons dîner ce soir, alors nous devons y aller. Nous allons essayer un nouveau restaurant. Mais je pense sincèrement que tu devrais lui présenter tes excuses, Carter. Je ne t'avais encore jamais vu manifester ce genre d'intérêt pour une femme. Tu ne devrais pas gâcher une telle opportunité.

Flash info : J'ai déjà gâché cette opportunité. Ruby n'a pas vu la colère dans le regard de Brynn ce matin lorsque nous nous sommes quittés.

De surcroît, Ruby ne comprendrait probablement jamais qu'une relation comme celle qu'elle partageait avec Jett ne m'intéressait pas.

J'aimais ma liberté.

— Je vais y réfléchir, me contentai-je de répondre.

Ruby, Jett et Mason sortirent ensuite de mon bureau, me permettant ainsi de me vautrer confortablement sur ma chaise tout en poussant un soupir.

M'excuser ? Oh, certainement pas. Mon nom est Carter Lawson, un homme connu pour être plus malin que tout le monde. Je ne m'excusais jamais de rien, et je ne demandais à personne de me pardonner.

Mais bon Dieu, Brynn Davis était bien assez attirante pour y songer.

Cela changerait-il quoi que ce soit à la situation actuelle ? Probablement pas.

Elle s'était montrée assez catégorique sur le fait que dîner avec moi était hors de question.

Bon sang, Lawson, oublie-la !

Malheureusement, le souvenir de son visage colérique et obstiné, de sa posture intrépide ainsi que de ses beaux yeux marrons m'avait hanté toute la journée.

Brynn est mannequin. Elle est donc séduisante. C'est tout.

Étrangement, le fait que les hommes passaient probablement leur temps à la reluquer ne me plaisait pas du tout. Brynn Davis occupait certainement le rôle principal dans un grand nombre de fantasmes masculins, et cela m'agaçait aussi.

Je me redressai sur ma chaise afin d'ouvrir le dossier qui était posé sur mon bureau.

— Et merde ! dis-je avec dégoût. Mais qu'est-ce qui m'arrive ?

Il me restait encore une tonne de travail à abattre avant de pouvoir quitter le bureau.

Je venais de me confier à mes frères ainsi qu'à Ruby dans l'espoir d'obtenir une sorte de conseil.

Et voilà que je songeais sincèrement à présenter mes excuses à Brynn.

Je lui ai dit que j'étais désolé. Cela devrait suffire, non ?

Je me souvenais bien lui avoir concédé ces quelques mots avant de la rattraper après sa sortie de l'ascenseur.

C'était très inhabituel pour moi. À vrai dire, je crois ne m'être jamais excusé de rien depuis que je suis devenu adulte.

J'essayai alors vainement de me concentrer sur la paperasse qui jonchait mon bureau pour chasser Brynn de mon esprit.

Il y avait d'autres femmes.

Un océan de femmes.

Il était donc inutile de rester focalisé sur une seule femme qui ne voulait pas du tout de moi. À ce stade, insister serait pathétique.

Une fois mon travail terminé – quelques heures plus tard – je fus contraint d'admettre que Brynn occupait toujours une place trop importante dans mon esprit.

Probablement parce que j'avais terriblement envie d'elle.

Brynn

Le lendemain matin, je décidai d'aller courir plutôt que de m'en tenir à ma routine sportive habituelle.

Même si je n'étais pas une très grande coureuse, j'aimais me dépenser de bonne heure.

Ainsi, après avoir rejoint le parc Myrtle Edwards à pieds, je me mis à courir lentement mais sûrement. Il y avait déjà des gens qui faisaient du vélo, de la marche ou de la course à pied, mais il n'y avait pas encore autant de monde qu'en journée.

J'ajustai la visière de la casquette que je portais. Cette dernière avait deux fonctions : protéger mon visage du soleil et dissimuler mon identité.

Je ne voulais pas être reconnue aujourd'hui. De toute façon, si je n'étais pas coiffée, maquillée et complètement apprêtée, alors le gens ne me remarquaient généralement pas. Ainsi, je ressemblais actuellement à n'importe quelle inconnue faisant de la course à pied par une belle journée à Seattle.

Il y avait quelque chose d'amusant dans le fait de vivre au cœur d'une si grande ville dotée de tant d'endroits où courir tranquillement.

J'avais vraiment *besoin* de me détendre. J'étais tendue comme un arc depuis ma rencontre avec Carter la veille.

Pourquoi diable m'a-t-il embrassée comme ça ?

De tous les articles que j'avais lus à son sujet, je n'avais jamais vu un seul mot concernant des comportements déplacés vis-à-vis des femmes.

J'avais tout autant envie de ce baiser que lui.

Je ne lui cherchais pas vraiment des excuses, mais je savais bien que je l'avais supplié du regard de me toucher. Et il s'était exécuté.

S'il s'était agi de n'importe quel autre homme au monde, je lui aurais donné un grand coup de genou dans les testicules pour avoir osé me toucher, mais pour une raison qui m'échappait encore, avec Carter, ce baiser m'a semblé si naturel que je ne m'y étais pas opposée sur le moment.

J'essayai de contrôler ma respiration en accélérant ma cadence de course. Malheureusement, le bruit rythmé de mes propres pieds contre le sol ne suffit pas à éliminer mes pensées concernant l'homme qui m'avait envoûtée en un seul baiser volé.

Non, Brynn. Ne commence pas à romancer cette histoire. Tu es plus intelligente que cela. Tu es une femme pragmatique.

Je sentis mon téléphone vibrer contre mes fesses. Je le sortis de la petite poche arrière de mon pantalon de sport, heureuse de trouver une nouvelle distraction pour apaiser mon esprit.

Je souris en voyant que le texto venait de Laura. Elle me disait avoir trouvé un nouveau restaurant coréen et souhaitait m'y retrouver pour le déjeuner afin de discuter de l'une de ses créations.

Hier soir, je me suis éloignée de nos créations habituelles pour dessiner un sac à main qui avait du sens. Selon moi, les sacs de créateurs de mode n'avaient rien de fonctionnel. Voilà pourquoi j'ai eu l'idée de concevoir un sac qui était à la fois pratique et esthétique. Un sac à main qui serait également parfait pour une femme en déplacement.

L'élégance et le fonctionnel pouvaient aller de pair. Les femmes n'avaient pas à sacrifier l'un ou l'autre.

Pourtant, je possédais tout un placard d'erreurs parce que je cherchais soit l'un soit l'autre.

Je souhaitais donc en parler à Laura.

Au moment de lui répondre, je compris qu'envoyer un texto en courant pouvait être aussi dangereux qu'envoyer un texto en conduisant.

Je n'eus même pas le temps d'envoyer mon message.

Au lieu de cela, j'entrai en collision avec un mur très solide. Stoppée dans ma course, je poussai un cri de douleur et tombai à la renverse.

J'essayai d'amortir ma chute à l'aide de mes mains, mais ma tête heurta néanmoins le sol.

— Merde, lâchai-je en essayant de me redresser tandis que j'étais encore désorientée par l'impact.

— Brynn, est-ce que ça va ? demanda soudainement une voix de baryton qui m'était familière.

Je fermai les yeux en frottant l'arrière de ma tête endolorie, mais en les rouvrant, je découvris Carter Lawson accroupi à côté de moi.

Je clignai des yeux plusieurs fois, mais il était toujours là.

Il était vêtu d'un pantalon de jogging et d'un t-shirt. À en juger par son apparence négligée, il faisait la même chose que moi dans ce parc.

Je gémis de douleur.

— Qu'est-ce qui s'est passé ?

Avec une grande délicatesse, il posa ses doigts à l'arrière de ma tête.

— Nous nous sommes percutés. Et j'ai gagné le duel haut la main. Pourquoi diable regardais-tu ton téléphone ? J'ai essayé de t'éviter, mais tu as traversé le chemin si vite que je n'ai rien pu faire. Est-ce que ça va ?

En regardant autour de moi, je compris que j'avais bel et bien dévié sur le chemin opposé pendant que j'essayais d'envoyer un texto. Je me sentais désormais très gênée.

— Je devrais m'en remettre, répondis-je en luttant pour me lever.

Je venais enfin de comprendre que le mur de briques que je venais de percuter n'était autre que *Carter*.

En me levant, ma cheville refusa de porter le poids de mon corps. Je me serais à nouveau effondrée par terre si Carter n'avait pas enroulé son bras puissant autour de ma taille pour me rattraper.

— Tu es blessée. Ta tête saigne et tu ne peux pas marcher. C'est ta cheville ?

— Je crois que je me suis fait une entorse, répondis-je. Ça fait un mal de chien.

— Tu es blessée à la tête aussi. Je t'ai vu heurter le sol, dit-il avec inquiétude. Nous devons te conduire à l'hôpital.

— Ça va aller, m'empressai-je de dire.

— Non, ça ne va pas aller, dit-il en m'adressant un regard obstiné.

Je me sentais sacrément idiote. Non seulement j'avais littéralement trouvé le moyen de percuter Carter Lawson, mais en plus de cela, je m'étais blessée.

— J'irai voir un médecin plus tard, promis-je.

Je serrai les dents pour donner l'impression que je n'avais pas mal, puis je commençai à marcher très maladroitement le long de la piste cyclable.

Je pouvais me déplacer, mais ma cheville me faisait souffrir.

— Mais où crois-tu aller comme ça ? grogna Carter en me rattrapant sans difficulté.

— Je dois rentrer chez moi, répondis-je.

— Tu ne peux pas marcher avec cette cheville. Ne sois pas têtue, Brynn. Tu ne ferais qu'aggraver la blessure.

Je m'arrêtai et me tournai vers lui.

— Que proposes-tu ? Je dois bien rentrer chez moi d'une manière ou d'une autre.

Carter s'accroupit devant moi.

— Monte.

— Tu ne peux pas me porter, contestai-je.

— Monte, ordonna-t-il.

— Carter, nous sommes trop loin de notre immeuble.

— Nous n'allons pas aussi loin. Il y a une clinique juste à la sortie du parc.

Je n'avais pas trop le choix. Je n'allais tout de même pas mobiliser une ambulance pour des blessures superficielles, et j'avais *vraiment* du mal à marcher.

Alors, avec prudence, je grimpai sur le corps de Carter, puis il se redressa en sécurisant fermement mes jambes.

J'avais peut-être mal, mais je ne pus m'empêcher de remarquer à quel point son corps était puissant. Ses muscles se contractèrent et il supporta sans difficulté le poids de tout mon corps. Et je n'étais pourtant pas un poids plume. J'étais mince, mais aussi très grande.

— Je suis désolée. Je n'aurais pas dû regarder mon téléphone, dis-je alors qu'il avançait à une vitesse assez soutenue pour quelqu'un qui portait nos deux poids de corps.

— Nous faisons tous des erreurs, dit-il sans paraître essoufflé.

Je compris qu'il faisait aussi référence à ce qui s'était passé la veille dans l'ascenseur.

— Comment ça ? le questionnai-je.

— J'ai envahi ton espace personnel. Cela dit, tu as aussi un peu envahi le mien puisque tu as frappé mes parties intimes lors de notre collision.

Mortifiée, je fermai les yeux.

— Je suis désolée. Est-ce que je t'ai fait mal ?

— Je me sentirais mieux si tu acceptais de me pardonner pour mon comportement d'hier, suggéra-t-il.

Carter faisait désormais usage de son charme et j'étais très agacée de ne pas y être complètement insensible.

Je roulai des yeux en m'accrochant à ses épaules musclées.

— C'est du chantage ?

Carter secoua la tête.

— Pas du tout.

— Je te pardonne, souris-je. Est-ce que nous sommes quittes maintenant ?

Il se montrait sacrément gentil après que je lui ai foncé dessus, et il faisait même le nécessaire pour m'aider.

— Je ne sais pas trop, répondit-il. Les testicules d'un homme sont trop précieuses pour attenter à leur intégrité. Mais je suppose que nous sommes quittes.

Mes blessures avaient beau me faire souffrir, mon sourire ne cessa de croître.

— Merci de m'aider, dis-je doucement. Je me sens horriblement mal.

Le pauvre homme me portait déjà depuis plusieurs centaines de mètres et il ne montrait aucun signe de fatigue.

— On va bien te soigner, Brynn. Je te le promets.

Carter pensait manifestement que je parlais de ma douleur et non de l'embarras qui m'accablait.

— Je devrais m'en remettre. Ce n'est qu'une cheville.

J'appuyai ma tête douloureuse contre son épaule. Pour être parfaitement honnête, j'avais mal partout, mais je m'abstins d'en informer Carter.

— Je croyais que tu faisais tes séances de sport à la salle de notre immeuble, dit-il.

— J'aime être à l'extérieur. Alors j'ai décidé d'aller courir. Et toi, que fais-tu ici ?

Je fermai les yeux et inspirai profondément en espérant que la douleur lancinante dans ma tête ne tarderait pas à disparaître. Mais l'odeur masculine de Carter était enivrante.

Si bien que je me surpris à souhaiter que mes jambes soient enroulées autour de son corps délicieusement athlétique en des circonstances bien différentes.

Que cela me plaise ou non, j'étais tellement attirée par Carter Lawson que ma douleur physique fut reléguée au second plan. Je ne parvenais même pas à maîtriser mes pensées lubriques.

— J'avais besoin de courir pour me vider la tête, répondit-il. Et je dois dire que je suis bien content d'être ici. Si tu ne m'avais pas percuté, tu aurais certainement percuté quelqu'un d'autre.

Carter avait probablement raison. J'étais juste reconnaissante de ne pas être entrée en collision avec un vélo lancé à pleine vitesse. Mes blessures auraient été beaucoup plus sérieuses.

Étrangement, j'étais moi aussi heureuse que Carter soit ici. Si cela s'était produit avec un parfait inconnu, la situation aurait été incroyablement gênante.

Alors pour l'instant, il était mon héros.

— Moi aussi je suis contente que tu sois là, dis-je avec sincérité.

Chapitre 7

Brynn

— Ça ne semble pas s'améliorer. C'est très enflé, dit Carter avec inquiétude en s'agenouillant à côté du canapé pour déposer un nouveau sac de glace sur ma cheville.

Je m'abstins de lui dire que le sac de glace précédent n'avait même pas eu le temps de fondre avant qu'il ne le remplace.

Il était si attentionné avec moi que je commençais même à l'apprécier, ce que je ne devrais certainement pas m'autoriser à faire.

Mais honnêtement, combien d'hommes porteraient une femme sur leur dos pour l'emmener chez un médecin ? Et combien d'hommes reconduiraient ladite femme jusqu'à son domicile, en limousine, avant de rester sur place pour veiller sur elle ?

En tout cas, je n'avais encore jamais rencontré ce genre d'homme.

— Ce n'est qu'une entorse, Carter. Je vais m'en remettre, lui dis-je.

— Le docteur dit que tu ne dois pas t'appuyer dessus pendant quelques jours, et plus longtemps encore si le gonflement ne diminue pas, me rappela-t-il.

Mes blessures étaient mineures. La coupure sur ma tête était superficielle. Apparemment, les blessures à la tête ont tendance à beaucoup saigner. Et ma blessure à la cheville n'était qu'une grosse entorse.

Mais je devais reconnaître qu'il y avait quelque chose de très touchant chez un homme capable de manifester de l'inquiétude pour des blessures sans gravité.

— Je ne m'appuierai pas dessus, lui promis-je. Tu peux rentrer chez toi maintenant. Je t'ai suffisamment dérangé pour aujourd'hui.

C'était l'après-midi et il n'était toujours pas parti.

— Je ne bouge pas d'ici, m'informa-t-il en se levant. Quelqu'un doit prendre soin de toi. Comment feras-tu si tu as besoin de quelque chose ? Tu ne peux pas te déplacer pour l'instant.

— Tu n'as pas besoin de rester avec moi, dis-je.

J'étais si surprise par son attitude que le ton de ma voix était peut-être un peu sec.

Carter s'était simplement absenté pour aller se doucher chez lui, puis il était revenu moins de dix minutes plus tard. À son retour, j'avais été étonnée de ne pas le voir habillé pour aller travailler.

En effet, il était actuellement vêtu d'un jean ainsi que d'un t-shirt bleu marine qui lui allait à ravir.

J'étais amusée de voir à quel point Carter paraissait plus accessible maintenant qu'il était habillé de façon décontractée.

Pour être tout à fait honnête, une petite part de moi-même *souhaitait* qu'il reste ici. Non pas pour son assistance médicale, mais parce que sa présence était agréable. Certes, je n'aurais plus jamais voulu lui adresser la parole s'il n'avait pas montré une autre facette de sa personnalité aujourd'hui. Mais maintenant que je le savais capable d'être quelqu'un de bien, j'étais quelque peu intriguée.

— Tu ne dois pas aller travailler ? demandai-je.

— L'entreprise n'a pas besoin de moi pour fonctionner, répondit-il en posant ses magnifiques fesses vêtues de denim sur mon canapé. Certaines choses sont plus importantes que le travail, ajouta-t-il.

À en juger par l'expression sur son visage, il était lui-même un peu abasourdi d'avoir dit cela. Et il semblait soudainement très pensif.

— Que faisais-tu dans ce parc ? demandai-je.

— J'y vais toujours pour courir, répondit-il avec un haussement d'épaules.

Il n'était donc pas du genre à passer son temps dans les salles de sport. Pourtant, son physique suggérait le contraire. Personne ne pourrait avoir un corps comme le sien sans soulever un peu de fonte.

— Merci de m'avoir aidée, dis-je sachant qu'il était grand temps que je me montre reconnaissante. Ce petit accident était de ma faute. J'aurais dû laisser mon téléphone portable dans ma poche.

Carter prit le verre de thé glacé qu'il avait posé sur la petite table d'appoint, puis répondit :

— Pensais-tu que j'allais te laisser par terre, au beau milieu du parc ?

— Je ne te connais pas, songeai-je. Tout ce que je sais de toi, c'est que tu embrasses les femmes que tu croises dans les ascenseurs.

— Non, nia-t-il. Juste toi.

— Pourquoi moi ? l'interrogeai-je.

— Je n'en sais rien, répondit-il mystérieusement. Peut-être que je te trouve incroyablement embrassable.

Je roulai des yeux avant d'attraper le Coca Light que Carter m'avait apporté. Il devait rencontrer de nombreuses femmes et je n'avais aucun doute qu'il en mettait une grande proportion dans son lit. Carter n'avait donc assurément pas besoin de se jeter sur une inconnue dans un ascenseur, aussi *embrassable* fût-elle.

— Alors, est-ce que ton métier te plaît ? demanda-t-il pour changer de sujet.

— Le mannequinat ? La plupart du temps, oui, lui dis-je. Ce métier m'a permis de gagner beaucoup d'argent, d'investir et de voyager partout dans le monde. Sans ma carrière, je n'aurais jamais pu vivre autant d'expériences.

— Je sens qu'il y a un « mais » quelque part, dit-il.

— Mais je ne peux pas être mannequin pour toujours. J'ai vingt-neuf ans. Je dois donc penser à l'avenir.

— À vingt-neuf ans, on ne peut pas dire que tu sois une personne âgée, dit-il avec humour.

— La carrière d'un mannequin est très courte, précisai-je.

— Et quel genre d'avenir envisages-tu ?

— C'est un entretien d'embauche ou une simple conversation? demandai-je en lui lançant un regard interrogateur.

Carter me bombardait de questions comme s'il souhaitait m'offrir un poste chez *Lawson Technologies*.

— Je crois qu'il y a longtemps que je n'ai pas eu une conversation normale avec quelqu'un qui ne faisait pas partie de mon entreprise, avoua-t-il. Mais je suis vraiment curieux.

En le regardant dans les yeux, je compris qu'il était sincère. De toute évidence, Carter aimait être aux commandes de ses conversations, mais il semblait sincèrement intéressé par ce que j'avais à dire.

— J'essaie de lancer ma propre marque de prêt-à-porter. Avec mon amie Laura, nous avons une petite boutique dans le centre-ville. La collection complète est encore en cours de création. À terme, notre objectif est de devenir une grande entreprise, mais je crois que ni elle ni moi ne savons vraiment comment nous y prendre. Et ça va nous coûter de l'argent au début, nous prenons donc tout notre temps et nous apprenons au fur et à mesure. Nous avons encore toutes les deux des contrats de mannequin.

— Je pourrais vous aider, proposa-t-il d'un air sérieux. Il se trouve que j'ai un peu d'expérience en matière de croissance commerciale.

— En effet, je crois que tu t'y connais un peu dans ce domaine, ris-je. Le timing de ton entreprise a toujours été parfait. Toi et tes frères, vous choisissez toujours le moment opportun pour faire un bond en avant. Et merci de me proposer ton aide. Quand nous serons prêtes, je te demanderais peut-être de nous donner quelques conseils.

— Si tu me laisses t'inviter à dîner, alors je te dirai tout ce que tu veux savoir, dit-il avec un sourire espiègle.

Oh, mon Dieu, il sait vraiment se montrer très charmant.

Son sourire plein d'assurance me fit automatiquement sourire à mon tour.

— On verra, répondis-je prudemment. Pour l'instant, j'ai vraiment besoin de prendre une douche. Je dois faire peur à voir.

En effet, je n'avais même pas pris le temps de retirer ma tenue de sport, et je craignais de ne pas sentir très bon.

Carter reposa son verre sur la petite table située à côté du canapé.

— Je vais t'aider.

Il se leva, se pencha vers moi et me souleva du canapé.

— Carter, je peux marcher jusqu'à la salle de bain, criai-je.

— Ce n'est pas nécessaire, répondit-il. Montre-moi simplement où elle se trouve.

Ainsi, je le guidai jusqu'à la salle de bain attenante à la chambre principale. Lentement, il me posa au sol et dit : — Ne mets pas trop de poids sur ta cheville et ne reste pas debout trop longtemps. Ce soir, tu dois mettre de la glace dessus et poser tes jolies fesses sur le canapé.

Sa seule proximité physique me coupait le souffle et je détestais cela. Je n'étais pourtant pas du genre à m'émoustiller devant un homme. J'avais déjà ressenti de l'attirance pour des hommes, j'avais couché avec certains d'entre eux, mais jamais je n'avais ressenti cela. De façon générale, les hommes disparaissaient de ma vie aussi vite qu'ils y entraient. Ma seule relation à long terme fut un échec. Après cela, j'ai cessé de prêter trop d'attention aux hommes.

Pour d'obscures raisons, Carter m'affectait d'une façon irrationnelle. Je fus surprise d'avoir des papillons dans le ventre en inhalant son odeur masculine. Il s'agissait d'une sensation que je ne pouvais tout bonnement pas ignorer.

— Merci, dis-je précipitamment en essayant de m'éloigner de lui dès que mes pieds touchèrent le sol.

— Tu as besoin de vêtements ? demanda-t-il d'une voix rauque.

— Oui, mais je m'en occupe. J'aurais terminé dans quelques minutes.

Je ne voulais certainement pas que Carter commence à fouiller dans mon tiroir à sous-vêtements. C'était beaucoup trop intime et personnel.

Je poussai un soupir de soulagement lorsqu'il sortit de la salle de bain, traversa la chambre et ferma la porte derrière lui.

Dégoûtée de moi-même, j'ouvris le robinet d'eau avant de me déshabiller. Une partie de la tension quitta mon corps lorsque je me positionnai sous le jet d'eau chaude.

C'était peut-être mieux quand je détestais encore Carter.

Maintenant, je commençais à l'apprécier. Comment pourrait-il en être autrement après tout ce qu'il a fait pour moi aujourd'hui ?

Il avait beau être un peu mystérieux et excessivement sérieux, je ne pouvais pas m'empêcher de penser que Carter Lawson était en réalité beaucoup plus complexe que cela. Ce qu'il a fait aujourd'hui me le prouvait.

J'avais toujours le sentiment que son attitude était une imposture, qu'il dissimulait une grande partie de lui-même et qu'il ne montrait aux gens que ce qu'il voulait bien montrer.

Je suis comme lui. Moi aussi je ne montrais jamais ma véritable personnalité aux autres.

Ce qui expliquait peut-être pourquoi je pouvais déceler cela chez lui.

En sortant de la douche, je me demandai si mon imagination me jouait des tours concernant Carter.

Tout cela pourrait bien être dans ma tête. Il m'attirait beaucoup. Par conséquent, je devais justifier ce que j'éprouvais pour lui.

En réalité, je ne comprenais pas pourquoi cela avait autant d'importance. Carter se montrait simplement bienveillant après un accident. Ce n'était pas comme si nous sortions ensemble ou prévoyions de le faire.

Dans la chambre, j'enfilai rapidement un pantalon de yoga propre ainsi qu'un débardeur blanc. Concernant mes cheveux, je me contentai de les attacher avec une pince.

Je retournai ensuite au salon où je boitai rapidement jusqu'au canapé afin de ne pas me retrouver une fois de plus contre le corps de Carter.

— Qu'est-ce que tu fais ? dis-je en voyant Carter dans la cuisine.

— Je prépare le dîner, répondit-il simplement, sa voix se faisant facilement entendre jusqu'au salon puisque mon appartement était décloisonné. Je pouvais donc le regarder s'agiter devant le plan de travail.

Une fois installée sur le canapé, je pris le sac de glace qu'il avait évidemment laissé là pour moi.

— Tu cuisines ?

Il sortit de la cuisine avec deux assiettes et quelques serviettes en papier.

— Je ne cuisine pas, et crois-moi, tu n'as vraiment pas envie que j'essaye. Ça ne serait probablement pas comestible. Mon assistante nous a amené une pizza.

Je pris une des deux assiettes ainsi que quelques serviettes en papier. L'odeur appétissante envahit mes narines.

— Mon Dieu, la pizza m'avait manquée.

— Tu n'en manges pas ?

Je secouai la tête.

— D'habitude, non. Mon corps n'aime pas du tout les glucides, même si mes papilles adorent ça. J'adore la pizza, mais je n'en mange pas souvent.

Carter prit place sur le canapé.

— Mais tu vas en manger ce soir, n'est-ce pas ?

Face à la pizza, j'avais l'eau à la bouche et mes yeux dévoraient déjà le fromage fondu. Celle-ci venait de la meilleure pizzeria du centre-ville.

— Oui, soupirai-je.

Ainsi, je m'emparai d'une part encore chaude. Après l'avoir longuement humée, j'ouvris la bouche et m'autorisai à prendre une bouchée de la nourriture interdite. Je ne pus contenir le petit gémissement de plaisir qui quitta ma gorge tandis que les saveurs italiennes explosèrent dans ma bouche.

— C'est délicieux, lui dis-je après avoir avalé.

Carter entamait déjà sa deuxième part, mais il s'interrompit un instant pour me regarder dévorer la mienne.

Nous mangeâmes en silence pendant quelques minutes : moi savourant ma nourriture, Carter engloutissant la sienne.

Après avoir terminé ma seconde part, j'écartai mon assiette même si celle-ci était encore pleine.

— J'ai fini. Je dois me contrôler.

— Pourquoi ? demanda-t-il.

— J'adore manger, dis-je. Mais je dois surveiller ma corpulence pour mon travail.

— Je ne comprendrai jamais pourquoi les mannequins sont si minces, grommela-t-il.

— Par rapport aux normes du mannequinat, je ne suis pas mince, l'informai-je. Je suis même plus en chair que la plupart des femmes dans le métier, alors je dois rester en forme. À une époque, je faisais deux tailles de moins. Mais j'en ai eu marre de mourir de faim. Alors j'ai décidé d'atteindre un poids plus sain et d'y rester. Et si mes clients refusent d'accepter mes conditions, alors je quitterai le domaine du mannequinat pour de bon. Fort heureusement, ils continuent à travailler avec moi. Mais je ne peux tout de même pas me laisser aller.

Je faisais actuellement une taille trente-huit, j'étais en bonne santé et je me sentais enfin moi-même dans mon propre corps.

— Je doute qu'une petite pizza fasse une grande différence, observa-t-il. Bon sang, je préfère encore faire deux fois plus de sport que de renoncer aux hot-dogs au fromage.

— Tu manges ces trucs ? Je trouve ça dégoûtant, grimaçai-je.

Selon moi, le fromage et les hot-dogs ne faisaient pas bon ménage, et je n'ai jamais compris pourquoi les gens de Seattle les aimaient tant.

Carter déposa sa serviette en papier dans son assiette désormais vide.

— Tu les as goûtés ?

Je secouai la tête.

— Alors, attends d'y goûter avant de dire que c'est dégoûtant, conseilla-t-il en se levant. Ces trucs sont aussi addictifs que les cheeseburgers de Dick.

Je lui adressai un sourire.

— Tu manges souvent ce genre de choses ?

— Tout le temps, avoua-t-il. J'adore manger.

Si Carter ne faisait pas autant de sport, il aurait sûrement un peu de ventre.

Pourtant, son corps n'arborait pas une once de gras, ce qui me paraissait totalement injuste. Carter était tout en muscle.

Il prit mon assiette pour l'emmener dans la cuisine, puis il revint quelques minutes plus tard.

— Je te dois une fière chandelle, Carter, dis-je lorsqu'il se rassit sur le canapé. Merci de t'être occupé de moi aujourd'hui.

— Tu ne me dois rien du tout, contesta-t-il. Je t'ai embrassée dans un ascenseur, tu te souviens ?

— C'est un peu différent que de passer toute la journée ici rien que pour veiller sur moi.

— Alors tu te sens redevable ?

— Oui, et ce n'est pourtant pas dans mes habitudes.

— Tu ferais mieux de t'y habituer, conseilla-t-il d'une voix profonde. J'ai l'intention de rester avec toi tant que tu ne peux pas te déplacer toute seule. Et si tu penses me devoir quelque chose, alors j'ai de nombreuses idées pour toi.

Ses yeux étaient tumultueux et l'intensité de son regard me déstabilisait.

J'avais le sentiment que nous ne parlions pas ici d'une future relation amicale.

Avec Carter, j'étais à peu près sûre que rien ne serait simple.

Et je ne savais trop que penser de cela.

Chapitre 8

Brynn

Carter me rend folle, dis-je à Laura autour d'un café, quatre jours après ma blessure. Je ne peux pas traverser mon propre appartement sans son intervention.

Laura haussa un sourcil en s'asseyant à côté de moi à la petite table de ma cuisine.

— Est-ce vraiment une mauvaise chose ? Il y a beaucoup de femmes qui aimeraient avoir un homme comme lui à domicile.

Je n'avais pas très bien dormi la nuit précédente, j'étais donc grincheuse.

— Je n'ai pas trop envie qu'il soit *tout le temps* là. J'ai l'habitude de m'occuper de moi-même.

— Tu es blessée, Brynn. Il essaie juste de t'aider. À vrai dire, je commence même à l'apprécier. Malgré ses airs de mâle dominant, c'est plutôt gentil de sa part d'être là quand tu as besoin d'aide.

Laura et Carter s'étaient croisés plusieurs fois au cours de ces derniers jours, et je remarquais que mon amie commençait à avoir beaucoup de sympathie pour l'homme qui semblait mieux savoir que moi ce dont j'avais besoin.

— Il se sent coupable, l'informai-je. Il pense avoir causé notre accident, alors que c'était entièrement de ma faute.

Laura prit une gorgée de café, posa sa tasse sur la table et dit : — Je doute fortement que ce soit la seule raison de sa présence prolongée chez toi. Je crois que tu lui plais beaucoup.

Et *voilà* bien tout le problème. J'avais même la certitude de lui plaire. Et je ne le comprenais pas du tout. Il lui suffisait de claquer des doigts pour que des centaines de femmes se jettent sur lui, alors pourquoi perdait-il son temps avec une femme qui n'en ferait pas autant ?

— Je n'ai pas envie de l'apprécier, avouai-je à contrecœur.

Laura me lança ce regard désapprobateur comme le ferait une grande sœur.

— À cause de ton passé ? Brynn, tu ne peux pas laisser ton passé définir la personne que tu es aujourd'hui. Ce n'était pas ta faute.

N'ayant aucune envie d'aborder ce sujet, je répondis : — Je n'ai pas besoin d'une relation amoureuse, Laura. Je suis trop occupée. Je suis souvent en déplacement et nous devons penser à l'avenir de notre entreprise.

Elle soupira.

— Je pense que tu aimerais bien vivre une relation amoureuse, mais que ça te fait peur. En ce qui me concerne, je veux une relation amoureuse, mais je n'ai jamais rencontré le bon mec. Et je veux vraiment avoir des enfants. J'ai toujours voulu avoir des enfants.

— Envisages-tu toujours une insémination artificielle ? Laura, tu as le temps de...

— Pour l'instant, je ne fais qu'y réfléchir, m'interrompit-elle défensivement. Mais plus j'y pense, plus ça me semble être la meilleure option.

J'avais beau ne pas vouloir d'une relation sérieuse, je souhaitais que Laura trouve son bonheur. Elle méritait qu'un homme la chérisse, elle et tous les enfants qu'elle souhaitait avoir.

— Attends encore un peu. Tu finiras peut-être par rencontrer quelqu'un.

— Ça fait des années que je me dis ça, mais je serai bientôt trop vieille pour jouer avec mes propres enfants, rit-elle. Mais il n'est pas question de moi pour l'instant, Brynn. Nous parlions de toi et d'un gars qui pourrait vraiment se soucier de toi, un homme à qui tu pourrais vraiment tenir.

Je roulai des yeux.

— Je le connais à peine.

— Mais il ne te laisse pas indifférente.

— Il est séduisant. Ce n'est que du désir physique, Laura. N'importe quelle femme aurait envie de traîner Carter Lawson dans son lit.

Un frisson me traversa le corps en pensant à la réaction physique que j'avais chaque fois que Carter était près de moi.

Laura haussa les épaules.

— Dans ce cas, couche avec lui et vérifie par toi-même ce qu'il vaut au lit.

J'avais bel et bien envie d'explorer le désir insatiable que je ressentais pour lui, mais quelque chose me disait que Carter Lawson était différent des autres hommes. Il ne s'agirait certainement pas d'une aventure d'un soir. Du moins, pas pour moi. J'avais le sentiment que Carter serait très difficile à oublier. Et même si je ne voulais pas l'admettre, la façon dont il m'affectait me perturbait beaucoup.

Je ressentais un étrange lien avec lui, et cela ne venait pas seulement de son corps sexy et de son visage envoûtant.

Parfois, dans les rares moments où Carter baissait sa garde, il semblait être...hanté par quelque chose, et malgré mes réticences, je voulais vraiment découvrir pourquoi.

Enfin, je secouai la tête.

— Laisse tomber, dis-je sans trop savoir si je m'adressais à mon amie ou à moi-même. Ma cheville va mieux, nous ne nous verrons donc probablement pas beaucoup, ajoutai-je.

Même si ma jambe blessée ne me permettait pas encore de courir, le gonflement avait pratiquement disparu et je pouvais marcher sans boiter. Carter n'était pas venu tôt ce matin, il savait donc manifestement que je pouvais prendre soin de moi-même.

— Je ne compterais pas trop là-dessus. J'ai bien vu la façon dont il te regarde, répondit Laura.

— Et comment me regarde-t-il ?

— Comme un homme prêt à tout pour obtenir ce qu'il veut, rit-elle. Il ne va pas laisser tomber aussi facilement, Brynn. Tu verras.

Je regardai Laura en fronçant les sourcils. J'espérais qu'elle se trompait. Si Carter continuait à venir cher moi, alors je serais très tentée de suivre le conseil de mon amie et de coucher avec lui juste pour voir si cela suffirait à apaiser le désir sexuel qui m'accablait.

Honnêtement, ce que je ressentais commençait à devenir insupportable.

Jamais un homme ne m'avait fait autant d'effet que Carter.

Je n'avais même pas besoin qu'il me touche pour avoir envie de lui avec une intensité inédite.

Ne souhaitant plus penser à Carter Lawson, je changeai de sujet :

— Comment ça se passe au magasin ?

— Merveilleusement bien, sourit-elle. Mais nous allons bientôt devoir accroître notre production. Nous vendons nos articles presque aussi vite que nous les fabriquons. Nous avons beaucoup de succès.

Le fait d'accroître notre production nous permettrait non seulement de fidéliser notre clientèle, mais aussi de réduire nos coûts.

— Alors, faisons-le. Maintenant que nous savons quels articles se vendent le mieux, nous pouvons cibler notre production.

Laura s'appuya contre le dossier de sa chaise et croisa les bras.

— Je pense que tu devrais vraiment produire les sacs que tu as créés. Ils sont superbes. Ça pourrait être ton propre projet. Tu n'es pas obligée de les commercialiser sous notre marque.

Avant de nous asseoir pour boire un café, j'avais montré plusieurs de mes designs à Laura.

— Tu crois qu'ils se vendraient bien au magasin ?

— Je ne sais pas, mais je suis on ne peut plus disposée à essayer. Comme tes sacs sont plutôt destinés aux femmes en voyage, tu devrais les commercialiser sous une autre marque.

Plus je travaillais sur ces créations, plus je me sentais déterminée à concevoir le sac parfait pour une femme voyageuse. Ayant moi-même été victime de vols à l'arraché pendant mes séjours à l'étranger, je souhaitais vraiment créer la gamme parfaite de sacs de voyage.

— C'était juste une idée, dis-je. Et je dois commencer à travailler sur notre prochaine collection.

— Je peux m'en occuper, dit-elle. On validera les créations ensemble avant de les mettre en production. J'ai plus d'idées que nous ne pouvons en produire pour l'instant, Brynn, et je continue à les accumuler.

Je me sentais coupable de ne pas être aussi productive que Laura dans la construction de notre portfolio de créations. Je devais admettre que j'étais bien plus douée pour la conception de sacs que pour le design de vêtements.

Était-ce donc là l'opportunité rêvée de lancer ma propre ligne de sacs à main ?

— Peut-être que je devrais simplement me retirer de Perfect Harmony, songeai-je. Cette marque a toujours été ton bébé et tu as lancé la boutique. J'adore notre collection, mais c'est davantage la tienne que la mienne.

En effet, je m'étais peut-être laissée emporter par l'idée et l'excitation. Et même si j'étais parfaitement capable de créer des vêtements, je ne possédais pas le talent de Laura.

Cette dernière haussa un sourcil.

— C'est ce que tu souhaites ? Sincèrement, Brynn, je ne t'en voudrais pas du tout de vouloir créer ta propre marque. Sache simplement que je ne peux pas te rembourser ton investissement dans la boutique pour l'instant.

Je secouai la tête.

— Ne t'inquiète pas pour ça. Peut-être que je peux conserver mon statut d'investisseur. Je sais reconnaître une entreprise à fort potentiel. Et je sais que ton entreprise va prospérer.

Je n'avais pas besoin de l'argent que j'avais investi dans *Perfect Harmony*, et je savais honnêtement que la marque serait un jour un mastodonte de notre secteur d'activité. Le monde a besoin d'une entreprise qui favorise la diversité des corps ainsi que d'une créatrice de mode comme Laura.

Elle hocha la tête.

— Nous allons nous arranger. Et j'aimerais vraiment te voir travailler sur quelque chose qui te passionne véritablement.

— Je serai tout de même là pour t'aider, lui promis-je. Carter m'a proposé de m'aider pour le marketing de la marque et la croissance de l'entreprise, quand tu seras prête à la faire grandir.

Laura siffla.

— Je donnerais cher pour avoir un génie du marketing comme lui de mon côté.

— Dans ce cas, je vais accepter sa proposition.

Le visage de Laura s'égaya.

— Merci. J'ai bien besoin de conseils et d'idées. Le marketing n'est pas mon point fort.

— J'espère que ta situation financière ne sera pas affectée si je me retire de notre partenariat, dis-je avec sincérité.

Je ne voulais certainement pas lui causer des difficultés.

— Ça ne pose aucun problème, me rassura-t-elle. J'ai la trésorerie nécessaire et j'envisage de lancer les ventes en ligne. Maintenant que la boutique physique a bien démarré, je dois développer ma présence sur internet. Je sais ce qui se vend, et avec le bon marketing, je pense que je pourrais avoir du succès sur le web.

— C'est une excellente idée, dis-je avec enthousiasme.

Laura et moi étions toutes les deux très suivies sur les réseaux sociaux, et c'était également le cas de beaucoup de ses amies.

— Il faut que je fasse plus de recherches, mais je pense vraiment que c'est une entreprise qui doit avoir sa boutique en ligne.

— Et je t'aiderai autant que possible à mettre cela en place, dis-je avec bienveillance. Je n'ai pas l'intention d'abandonner complètement le navire. Je pense simplement que l'entreprise devrait être toute à toi.

— Et de mon côté, je vais te harceler jusqu'à la création de ta propre marque, me prévint-elle.

— Je sais, souris-je.

Lorsque ma meilleure amie souhaitait me voir accomplir quelque chose qu'elle pensait être bon pour moi, elle pouvait se montrer très tenace. C'était un trait de caractère que je détestais et que j'admirais à la fois.

— Je vais y travailler, promis-je.

— Tu sais, tu pourrais retourner vivre dans le Michigan. Je suis la seule raison qui te retient à Seattle, même si je souhaite égoïstement que tu restes ici, souligna-t-elle.

— C'est hors de question, dis-je d'un ton catégorique. Je suis tombée amoureuse de cette ville. En plus, tu as besoin de moi. Je suis toujours un investisseur dans ton entreprise, et je dois convaincre Carter de nous aider à établir une stratégie marketing.

Je m'abstins de préciser que je ne voulais surtout pas retourner dans ma ville natale. Je préférais prétendre avoir besoin de rester ici afin que Laura et moi puissions développer la boutique, mais au fond de moi, je savais que je ne pouvais pas retourner m'installer définitivement dans le Michigan. Je serais hantée par mes mauvais souvenirs.

— Dieu merci, répondit-elle en poussant un soupir de soulagement. Je ne sais pas ce que je ferais sans toi.

— Je ne bougerai pas d'ici, lui assurai-je. Mais j'ai prévu d'aller rendre visite à ma mère. Elle fréquente un homme et je veux en parler avec elle.

— Ta mère a un homme dans sa vie ? demanda Laura. Je pense que c'est fantastique.

— Pas moi, répondis-je avec fermeté. Peut-être que cet homme lui cache certains aspects de sa personnalité.

— Peut-être pas, suggéra-t-elle. Peut-être que c'est quelqu'un de bien et qu'il la rend heureuse.

— Dans ce cas, je dois le voir de mes propres yeux, lui dis-je.

— Quand prévois-tu d'y aller ?

— Je ne sais pas trop. Je vais prendre mes billets d'avion cet après-midi.

— Ne juge pas ce pauvre gars en te basant sur ta propre expérience, dit-elle avec bienveillance. Je sais que tu te méfies des hommes en général, mais il pourrait être la meilleure chose qui soit jamais arrivée à ta mère.

J'avais du mal à ne pas laisser mon passé colorer mon opinion.

— Je vais essayer.

— Est-ce qu'elle essaie toujours de te pousser dans les bras d'un homme ?

— Elle n'a jamais cessé d'essayer de me marier pour avoir des petits enfants, ris-je.

— C'est vrai, acquiesça-t-elle. Je pense qu'elle veut juste que tu sois heureuse et que tu puisses enfin guérir.

Laura avait rencontré ma mère à plusieurs reprises au fil des ans, quand je la traînais avec moi en vacances dans ma ville natale. Elle était donc bien au courant de la pression que ma mère pouvait me faire subir.

— Je suis heureuse, dis-je. Je n'ai pas besoin d'un homme pour me sentir comblée.

— Non, concéda-t-elle. Mais tu peux certainement trouver un homme qui te rendra encore plus heureuse que tu ne l'es déjà.

Laura se leva pour aller mettre sa tasse dans le lave-vaisselle, me laissant ainsi le temps de songer à ce qu'elle venait de dire.

Existait-il un homme pour lequel mon amour serait plus fort que mes peurs ?

Malheureusement, j'avais le sentiment que la réponse à cette question serait toujours un *non* ferme et définitif.

Et pour une raison qui m'échappait encore, cela me contrariait désormais plus que jamais.

J'ai toujours été heureuse toute seule.

Aujourd'hui, même si je me savais incapable d'aimer intensément un homme, la perspective de passer ma vie seule était particulièrement déprimante.

Chapitre 9

Brynn

—**M**ais qu'est-ce qui me prend ? pensai-je tout haut en jetant mon bâton de rouge à lèvres sur la commode.

Après toute une journée sans nouvelles de Carter, il m'avait enfin appelée, il y a une demi-heure de cela. En dépit du bon sens, j'avais accepté son invitation chez lui.

J'avais ensuite pris une douche.

Coiffé mes cheveux.

Revêtu une jolie robe d'été.

Et par-dessus le marché, voilà que je me maquillais comme si je m'apprêtais à faire la couverture d'un magazine.

Ça suffit ! Je n'ai pas l'intention de passer plus de dix minutes chez Carter.

Même si j'avais du mal à l'admettre, j'étais très nerveuse.

Jusqu'à présent, l'excuse de ma blessure me permettait d'accepter sa proximité physique sans trop de difficulté, mais maintenant que j'étais en pleine possession de mes moyens, l'idée de me rendre chez lui me stressait au plus haut point.

Oui, il m'a demandé si ma cheville me faisait encore souffrir et le ton de sa voix manifestait de l'inquiétude, mais après cela, sa voix profonde de baryton pleine de désir, de plaisir promis et de tant d'autres choses a mis mes nerfs en état d'alerte.

Je vais le remercier de m'avoir aidée. C'est tout.

La sonnette retentit au moment où je sortis de ma chambre, et je savais exactement qui était à ma porte.

Carter devait venir me chercher puisque je ne pouvais pas monter à son appartement sans une carte d'accès.

J'essayai d'ignorer le picotement électrique qui glissa le long de ma colonne vertébrale.

Ce n'est pas un rencard. Ce n'est pas un rencard.

Je me répétai ce mantra avant d'ouvrir la porte.

Sitôt que je posai mes yeux sur lui, je compris que les ennuis étaient sur le point de commencer.

Même si Carter était beau dans n'importe quels vêtements, il portait aujourd'hui un costume gris sur mesure avec une magnifique cravate bleu marine assortie à ses yeux.

— Salut, dis-je en luttant pour contrôler ma respiration chaotique.

— Tu es magnifique, lâcha-t-il d'une voix serrée, comme si faire un compliment ne faisait pas partie de ses habitudes.

Et même si j'avais appris à accepter les compliments, sa façon de me regarder – comme s'il voulait me dévorer – donnait à cette flatterie un relief tout particulier.

— Merci, dis-je machinalement en prenant mon sac à main. Je sortis de l'appartement, puis je me retournai pour verrouiller la porte.

Mon cœur martelait vigoureusement dans ma cage thoracique.

Je devais impérativement cesser de me comporter comme une adolescente amoureuse.

Il ne s'agissait en rien d'un rendez-vous galant.

Je ne pouvais pas me permettre d'avoir une aventure avec un homme comme Carter Lawson.

L'attirance qui régnait entre nous était bien trop intense et je devais apprendre à l'ignorer.

Sans rien dire, il me guida jusqu'à son ascenseur privé.

— Je tiens à te remercier de tout ce que tu as fait pour m'aider pendant ma convalescence.

— Croyais-tu vraiment que j'allais t'abandonner après t'avoir projetée au sol ? demanda-t-il d'un air sensiblement offensé.

— Je ne savais pas trop à quoi m'attendre, répondis-je avec honnêteté. Mais je crois que je ne m'attendais pas à ce que tu sois si...gentil.

Il haussa les épaules et inséra sa carte pour faire monter l'ascenseur au dernier étage.

— Je ne peux pas t'en vouloir. Je ne suis pas vraiment du genre prévenant, déclara-t-il comme s'il s'agissait d'un fait avéré.

Je m'appuyai contre la paroi de l'ascenseur et croisai les bras sur ma poitrine.

— Pourquoi ?

— Je suis un homme d'affaires, Brynn. Et je suis doué dans mon métier. Ce qui signifie que je dois généralement être impitoyable.

— Est-ce que tu l'es ?

— Quoi donc ?

— Est-ce que tu es impitoyable ?

— Quand je dois l'être, oui, précisa-t-il.

En effet, Carter pouvait aussi se montrer bienveillant. Je venais de passer ces derniers jours en compagnie de sa personnalité la plus aimable, je savais donc qu'il était capable d'être sincèrement gentil.

— Je pense qu'il existe de la tendresse chez cet homme d'affaires impitoyable, observai-je.

Habituellement, je ne me montrerais jamais aussi intime avec un homme que je ne connaissais que depuis peu de temps, mais il y avait quelque chose chez Carter qui m'incitait à mieux le comprendre.

Cet homme était une énigme. Je savais qu'il pouvait être dur en affaires, mais je savais aussi que ce n'était qu'une démonstration pour lui.

Carter avait assurément l'habitude d'obtenir ce qu'il voulait, mais il était tout de même capable d'empathie. Il n'était peut-être pas très doué pour le montrer, mais j'avais le sentiment qu'il n'était pas complètement narcissique.

Comme d'habitude, il apparaissait sophistiqué et en pleine possession de ses moyens.

Il s'appuya nonchalamment contre la paroi de l'ascenseur en attendant que celui-ci monte à son appartement, le tout en me lançant un regard dangereux.

— Ne compte pas trouver quelque chose de bon en moi, dit-il d'une voix traînante. Tu ne trouveras rien.

— Tout le monde a une faiblesse, songeai-je. Quelle est la tienne ? Ta famille ?

Il devait bien y avoir quelque chose qui faisait tomber sa façade et le rendait plus humain.

La cloche de l'ascenseur sonna lorsque celui-ci s'arrêta au sommet de l'immeuble.

— Pour l'instant, il semblerait que *tu* sois cette faiblesse, répondit-il avec mécontentement lorsque les portes s'ouvrirent.

Je comprenais sa réticence à reconnaître une quelconque vulnérabilité. Je n'aimais pas non plus avoir un tendon d'Achille.

Les portes de l'ascenseur se refermèrent derrière nous, nous laissant ainsi dans le petit espace menant à l'appartement.

— Est-ce que tu veux boire quelque chose ? demanda-t-il après avoir déverrouillé la porte.

— Du vin blanc, si tu en as, murmurai-je distraitement en découvrant l'intérieur de son chez lui.

Les grandes baies vitrées qui s'élevaient du sol au plafond offraient une vue à couper le souffle vers laquelle je me dirigeai instinctivement.

— Tu as un panorama incroyable ici, lui dis-je en contemplant les lumières de la ville. Et dire que je pensais avoir une vue exceptionnelle depuis mon appartement.

Je me tournai enfin vers Carter, qui s'affairait à la préparation de nos boissons derrière le bar.

— Ne te gêne pas, tu peux faire le tour de l'appartement, proposa-t-il.

— Je pense que je pourrais m'y perdre, marmonnai-je.

Carter leva les yeux vers moi et m'adressa un sourire amusé. — Ne t'inquiète pas. Je te retrouverai.

Puisque la proposition venait du maître des lieux en personne, je me dirigeai vers la cuisine, qui était vraiment très spacieuse. Je restai bouche bée en constatant que celle-ci était équipée de matériel professionnel. Pourquoi un homme qui ne cuisinait pas aurait-il besoin d'une cuisine pareille ? L'îlot central était monstrueusement grand.

— Je croyais que tu ne cuisinais pas, dis-je en haussant la voix pour qu'il m'entende.

— En effet.

— C'est dommage, dis-je à voix basse avant de continuer ma visite.

Je tombai rapidement sur sa salle de sport privée, mieux équipée que la plupart des salles commerciales. Il y avait aussi une piscine intérieure, un jacuzzi, une salle de cinéma ainsi qu'une bibliothèque que je rêverais d'avoir – le tout au premier étage de son appartement.

Je poussai un soupir en glissant mes doigts sur le dos en cuir d'une magnifique collection de Harvard Classics et Easton Press. J'étais envieuse.

Étrangement, tout ce qui se trouvait chez lui était contemporain, un style que j'adorais. Il semblait avoir des goûts éclectiques en matière de littérature. Un rapide coup d'œil me suffit à repérer de la science-fiction, des classiques ainsi que de nombreux livres d'histoire.

Je sortis de la bibliothèque après m'être remise du fait que Carter aimait vraisemblablement lire.

Je retournai dans le grand espace de vie ouvert, puis je passai devant Carter avant de monter l'escalier en colimaçon menant à l'étage.

Chaque chambre disposait d'une salle de bain attenante ainsi que d'un coin salon. Mais c'est en arrivant dans la chambre principale que j'eus le souffle coupé.

J'avais beau être habituée aux palaces et aux hôtels de luxe, la chambre de Carter correspondait à la définition de l'opulence. Non seulement le coin salon était immense, mais tout un pan de mur était vitré.

Il y avait un espace avec un réfrigérateur et une table de petit-déjeuner.

Et sa salle de bain était magnifique.

— C'est incroyable, murmurai-je en sortant de la salle de bain.

Carter n'était pas du genre ostentatoire. Il préférait un style contemporain, fonctionnel et sans élément superflu. L'appartement avait des lignes épurées avec des plafonds voûtés. Il n'y avait pas de dorure ou de luminaires fantaisistes.

Ce qui expliquait probablement pourquoi j'aimais tant son logement. Ses goûts étaient semblables aux miens.

Bien évidemment, certaines œuvres d'art et sculptures étaient probablement inabordables par le commun des mortels, mais la décoration était loin d'être vulgaire ou tapageuse.

Je découvris ensuite son bureau que je ne pus m'empêcher de visiter.

Je fus surprise de voir qu'un grand nombre de photos personnelles ornaient une grande partie des murs.

— As-tu besoin que je vole à ton secours ou crois-tu pouvoir retrouver ton chemin jusqu'au salon ? dit Carter depuis la porte ouverte du bureau.

Je me retournai pour lui adresser un sourire. Carter était irrésistible.

— Je pense que ça ira. Je regardais juste tes photos. Tu jouais au football à l'université ?

Il y avait toute une partie consacrée à ses années universitaires. Sur la plupart d'entre elles, Carter portait son équipement de football.

— Oui. J'étais l'un des rares joueurs de l'Ivy League dont les statistiques étaient assez bonnes pour attirer l'attention de la NFL.

— Que s'est-il passé ? demandai-je avec curiosité.

— Je voulais poursuivre mes études. J'adorais le football, et c'est encore le cas aujourd'hui, mais ce n'était pas la vraie vie pour moi. Je voulais faire quelque chose de…différent. Je suppose que je n'étais pas assez passionné par ce sport pour prendre le risque de subir plusieurs traumatismes crâniens à l'âge adulte.

Je me tournai vers lui. Carter s'était approché de moi pour regarder les photos.

Intéressant. Il a donc refusé de devenir une superstar du football pour parfaire son éducation.

Je lui posai ensuite plusieurs questions à propos des autres photos. Enfin, je l'interrogeai au sujet d'une photo de famille qui semblait avoir été prise à l'époque où Carter était encore à la fac.

— C'est tes parents et tes sœurs ? demandai-je en pointant mon doigt en direction de la grande photo.

Je reconnaissais les frères Lawson, mais je ne savais pas grand-chose de ses sœurs.

Je crus apercevoir une lueur de tristesse dans ses yeux.

— Ça, c'est Harper, et l'autre, c'est Dani. Et oui, ce sont mes parents derrière elles. Ils sont morts dans un accident de voiture. Ils ont été percutés par un conducteur ivre la dernière année de mes études.

Mon cœur se serra dans ma poitrine. Il était assez évident que Carter ne s'était pas encore remis de cette perte.

— Je suis tellement désolée, répondis-je doucement.

— Ne le sois pas, dit-il d'un ton bourru. C'était entièrement de ma faute.

Avant même de pouvoir lui répondre, Carter se retourna et quitta la pièce.

Chapitre 10

Brynn

Je suivis Carter jusqu'en bas, encore sous le choc de ce qu'il venait de me dire concernant sa soi-disant responsabilité dans la mort de ses parents.

Je pris le verre de vin qu'il me tendit avant d'aller m'asseoir avec lui dans le grand salon. Je m'installai dans un fauteuil confortable et Carter prit place en face de moi, sur le canapé.

— Si tes parents ont été percutés par un conducteur ivre, en quoi cet accident pourrait-il être de ta faute ? demandai-je.

Je ne devrais peut-être pas insister, mais face à son chagrin manifeste ainsi qu'à son regard tourmenté, j'étais incapable de changer de sujet.

— Laisse tomber, dit-il d'une voix rauque. Je ne sais même pas pourquoi j'ai dit ça.

Je n'avais aucune envie de *laisser tomber*.

— Dis-moi, insistai-je encore un peu.

Quoi qu'il me dise, je n'avais aucunement l'intention de le juger.

Il y eut un long silence avant qu'il ne décide enfin de se confier à moi.

— J'étais rentré chez mes parents pendant les vacances scolaires. Deux jours après mon arrivée, j'ai attrapé un rhume. Ma mère étant une maman, elle est partie acheter des médicaments puisque nous n'avions rien à la maison. Mon père a décidé de l'accompagner. Quinze minutes plus tard, ils ne faisaient plus partie de ce monde. Tout ça à cause d'un putain de rhume.

— Carter, c'était ta mère. La mienne aurait fait la même chose. La responsabilité de cet accident repose sur le conducteur en état d'ivresse, et non sur toi.

J'étais sidérée qu'il puisse se sentir coupable d'une telle tragédie.

— Pourquoi leur ai-je dit que j'étais malade ? Si je n'avais pas été chez eux et si je ne m'étais pas plaint de ce satané rhume, alors ils seraient toujours là.

— Tu ne peux pas t'infliger ça, Carter. Tu ne peux pas. Les accidents arrivent et on ne peut rien y faire, tout simplement. Il suffit de se trouver au mauvais endroit au mauvais moment. Ça peut arriver à n'importe qui. Tu vas devenir dingue si tu continues à porter ce fardeau qui n'est pas le tien. Je suis sûre qu'aucun de tes frères et sœurs ne pense que tu es responsable de leur disparition.

— Il ne sont pas au courant, répondit-il d'une voix serrée. Je ne leur ai jamais dit pourquoi nos parents ont pris la voiture ce jour-là, et j'étais le premier à arriver chez eux pendant ces vacances scolaires.

— Honnêtement, je ne pense pas qu'ils rejetteraient la faute sur toi. Ça n'aurait aucun sens. Tu dois arrêter de croire que c'est de ta faute. Et je pense que tes parents seraient très attristés que tu penses cela.

Bon Dieu, je pouvais ressentir son chagrin, et cela me dévastait. Je comprenais que son esprit s'égare dans ces endroits sombres, mais cela devait cesser.

— Bon sang, tu crois que je ne le sais pas ? gronda-t-il. Mais je ne peux pas m'empêcher de me dire que les choses auraient pu se passer différemment ce jour-là si seulement je m'étais comporté différemment.

— Je comprends. Sincèrement, dis-je résolument. C'est facile de s'en vouloir pour quelque chose qui n'a absolument rien à voir avec nos actions. Mais en vérité, c'est un conducteur ivre qui a tué tes parents, pas toi. Tu es complètement innocent. Tu étais malade. Ce qui s'est passé était hors de ton contrôle. Et même si tu n'avais rien dit, ta mère aurait remarqué que tu étais malade. Les mamans remarquent toujours ce genre de chose.

— Oui, ma mère était au courant de tout, concéda-t-il. J'avais parfois l'impression qu'elle avait des yeux derrière la tête.

— Je comprends qu'ils te manquent, dis-je avec bienveillance. Mais ils ne souhaiteraient pas que tu portes la responsabilité et que tu te fasses du mal à propos d'un accident dont tu n'es aucunement responsable.

Carter me regarda dans les yeux et je me sentis submergée par la douleur qui l'accablait. Je ressentais sa souffrance parce que je le comprenais.

— Je vais essayer, dit-il d'un ton sec, son regard froid et méfiant.

Il avala la moitié de sa boisson et je sirotai un peu de la mienne.

Je compris qu'il venait de clore le sujet. Carter Lawson n'était pas du genre à se montrer vulnérable, et je venais d'avoir un rare aperçu de son âme.

Il en avait manifestement fini de se dévoiler pour aujourd'hui.

— Alors, parle-moi de ta marque de prêt-à-porter. Comment ça se passe ? demanda-t-il d'un ton à nouveau parfaitement calme.

— J'ai décidé de garder mes parts de l'entreprise, mais de ne plus être associée, révélai-je. J'ai d'autres projets, même si je serai toujours là pour aider Laura quand elle aura besoin de moi. D'ailleurs, j'aimerais avoir tes conseils en matière de marketing.

— Qu'est-ce qui t'a poussée à prendre cette décision ? demanda-t-il avec curiosité.

— C'est en réalité la passion de Laura, pas la mienne. J'adore le concept de la marque, et je crois en son succès, mais j'ai décidé de créer des sacs de voyage. J'ai toujours eu une grande frustration avec mes sacs à main. C'est un problème que j'aimerais résoudre. Je suis déterminée à faire des sacs qui ont du sens.

— Je n'y connais absolument rien en sacs à main, pourquoi n'ont-ils pas de sens actuellement ?

Je m'emparai de mon propre sac à main.

— Celui-ci, par exemple. C'est un sac de créateurs qui est incroyablement beau, mais je le déteste. À vrai dire, j'ai détesté tous les sacs à main que j'ai possédé au cours de ma vie, expliquai-je en inclinant le sac pour lui permettre de voir à l'intérieur. Regarde, quel sens cela fait-il d'avoir ajouté deux poches ouvertes ? Je ne les utilise jamais. Si je suis en voyage, tout doit rentrer dans la partie dotée d'une fermeture éclair au cas où le sac serait renversé. Et ne parlons même pas d'un voyage dans une région pluvieuse. Ces trucs ne sont pas du tout imperméables.

Carter haussa un sourcil.

— Quoi d'autre ?

— Je suis souvent en déplacement. Je me suis fait arracher mon sac à main trois fois, et j'ai été victime de pickpockets à plusieurs reprises. Par deux fois, le voleur a coupé la lanière. Pour être pratique et sécurisé, un sac doit avoir une bandoulière indestructible ainsi qu'un portefeuille doté d'une protection RFID pour les cartes bancaires.

Carter grimaça.

— Mais encore ?

— Le sac doit être beau. Pourquoi le fonctionnel ne pourrait-il pas être esthétique ? Je veux tout. Il existe déjà des sacs de voyage plutôt bien pensés, mais je veux un sac sans compromis.

— Dans ce cas, tu vas devoir le concevoir toi-même. C'est le cœur du commerce : proposer toujours mieux que la concurrence, songea-t-il. C'est précisément ce qui fait la force de Lawson Technologies. Mes frères et moi proposons des produits sans compromis. Tu peux y arriver, Brynn. Suis ton instinct. Et ne te contente de rien de moins.

— J'y travaille, lui assurai-je. Je veux créer toute une collection de sacs de voyage qui permettront aux femmes de voyager sans difficulté et avec style.

— Est-ce que je peux voir ce que tu as créé jusqu'à présent ? demanda-t-il. Je ferai tout ce que je peux pour t'aider.

Je secouai la tête.

— Je n'ai pas encore terminé. Je dois encore faire beaucoup de recherches et je dois finir les dessins. J'espère avoir un prototype d'ici peu afin de pouvoir le tester lors de mes déplacements pour mes missions de mannequinat.

— Quand dois-tu partir ?

— Je dois d'abord aller voir ma mère. Cela fait bien trop longtemps que je ne lui ai pas rendu visite. Je dois acheter mes billets d'avion pour le Michigan. Je n'ai pas de déplacements professionnels prévus avant quelques mois.

— Inutile d'acheter des billets d'avion, dit-il. J'ai un jet privé qui t'emmènera où tu le désires.

Abasourdie, je levai les yeux vers lui.

— Je ne peux pas simplement utiliser ton jet privé. C'est trop cher.

— Je pense pouvoir me permettre quelques frais supplémentaires, déclara-t-il avec ironie. Et quand je ne l'utilise pas, il reste dans son hangar de toute façon. Quand avais-tu prévu de te rendre dans le Michigan ?

— Probablement dans deux semaines, répondis-je avec un haussement d'épaules.

— Donne-moi une date précise et je m'occupe de tout.

Je devais bien admettre que sa proposition était alléchante. Depuis Seattle, rejoindre le Michigan me contraignait à faire une ou deux escales. L'idée d'un vol direct me plaisait bien. Néanmoins, il était hors de question que j'utilise le jet de Carter.

— Nous verrons, répondis-je sans trop m'engager.

— Tu as dit vouloir me remercier de t'avoir aidée. Accepte de voler à bord de mon jet, et nous sommes quittes.

J'éclatai de rire.

— Je ne pense pas que le fait d'accepter une chose pareille constitue un remerciement.

— Bien sûr que si, répondit-il.

Je levai la main pour m'avouer vaincue.

— D'accord. Laisse-moi y réfléchir.

— Est-ce toujours aussi difficile de te faire accepter un peu d'aide ? demanda-t-il

Je pris un instant pour réfléchir à sa question avant de répondre.

— À part ma mère et Laura, personne ne m'a jamais vraiment aidée. J'ai travaillé dur pour me faire une place dans mon domaine professionnel. Puis j'ai appris à investir mon argent sachant que je ne serai pas mannequin pour toujours. Je suis quasiment livrée à moi-même depuis mon adolescence. Ma mère a eu un cancer, je me suis donc occupé d'elle. Je ne voulais pas lui causer du stress avec mes problèmes. D'ailleurs, mes problèmes étaient négligeables comparés aux siens.

— Et ton père ?

— J'avais quatorze ans la dernière fois que je l'ai vu, et il est aujourd'hui décédé, lui dis-je.

— Tu n'as pas de frères et sœurs ?

Je secouai la tête.

— Non. Mais Laura a toujours été comme une sœur pour moi. Nous nous sommes rencontrées très tôt dans nos carrières. Ensemble, nous avons décidé de ne plus jamais compromettre notre santé pour notre métier, et nous n'avons jamais trahi cette décision.

— Et tes anciens compagnons ? Aucun d'eux ne t'a jamais aidée ?

Carter semblait soudainement tendu, comme s'il ne souhaitait pas vraiment m'entendre parler de ma vie amoureuse.

— J'évite d'avoir des relations compliquées, Carter. Je ne peux pas me le permettre. Je voyage beaucoup trop.

— Je te comprends. Moi aussi j'évite ce genre de relation, répondit-il avec un haussement d'épaules.

Je bus le reste de mon vin, puis je me levai. Je devais partir, mais étrangement, je n'avais pas vraiment envie de m'en aller. — Je ferais mieux de redescendre dans mon appartement.

Carter se leva à son tour.

— Reste avec moi pour le dîner, Brynn. Je sais que je me suis comporté comme un salaud la dernière fois, mais cette fois, je te le demande parce que j'aimerais vraiment passer du temps avec toi.

Je lui tendis mon verre de vin vide, mais en réalité, j'étais choquée de constater que je mourrais d'envie de lui dire oui. Je ne voulais pas non plus que la soirée se termine, je commençais à vraiment apprécier Carter.

Il n'avait rien de l'arrogant que j'avais rencontré dans l'ascenseur la première fois. Carter dissimulait les meilleurs aspects de sa personnalité, mais il y avait un homme incroyable sous ses airs de mâle dominant orgueilleux. Néanmoins, je ne savais pas encore si j'étais prête à découvrir l'intégralité de sa personnalité.

Cela ne ferait qu'attiser le désir que je ressentais déjà pour lui.

Je le suivis jusqu'à la cuisine où il plaça nos verres dans le lave-vaisselle.

— Je ne peux pas, Carter. Je suis désolée.

Il se tourna vers moi.

— Je ne te comprends pas, Brynn. Nous savons tous les deux qu'il se passe quelque chose entre nous. Et je pense que nous devons l'explorer. Tu ressens la même chose. Je le sais.

— Je ne vais même pas essayer de le nier, acquiesçai-je. Tu m'attires, Carter. Mais comme je viens de te le dire, j'évite les situations compliquées.

— Ça n'a pas à être compliqué, répondit-il d'une voix grave, son regard intense. Nous devons juste essayer de comprendre ce qui se passe, parce que je n'ai jamais ressenti autant de désir pour une femme auparavant. Bon sang, ce n'est pas facile pour moi non plus. Mais je ne peux pas ignorer ce que je ressens actuellement.

— Les femmes sont à tes pieds, lui rappelai-je. Tu n'as pas besoin de moi.

Carter s'approcha comme un prédateur traquant sa proie.

— Je crois justement que j'ai besoin de toi, Brynn.

Il était désormais si près de moi que je pouvais sentir la chaleur irradier de son corps, ce qui ne manqua pas d'enflammer le mien. J'avais tellement envie de cet homme que c'en était douloureux, mais il me faisait peur.

Mes fesses étaient maintenant coincées contre le plan de travail de la cuisine. Avec Carter, je me sentais à la fois en sécurité et terrifiée.

Notre premier contact physique fut doux. Il glissa délicatement son pouce sur ma joue.

— Je veux t'embrasser, Brynn, mais je t'ai promis de te demander la permission de le faire. Ne me dit pas non, dit-il d'une voix rauque, ses yeux bleus perçants rivés aux miens.

Mon corps tremblait déjà alors qu'il me touchait à peine. Alors quelle sera ma réaction physique quand il m'embrassera ?

— Carter, murmurai-je en ayant la sensation d'être dans un état de transe sexuelle.

Il glissa ses doigts dans mes cheveux, mais il était très délicat. — J'ai besoin de t'embrasser, dit-il d'une voix gutturale.

Mon satané corps commençait à me trahir. J'avais tellement envie de me laisser aller que cela devenait physiquement douloureux.

Je pouvais sentir son souffle chaud sur mes lèvres, mais je savais qu'il ne m'embrasserait pas si je ne l'autorisais pas à le faire.

Il me suffisait donc de prononcer un mot pour obtenir ce que je désirais.

— Oui, dis-je d'une voix qui ressemblait davantage à un gémissement.

À mon tour, je plongeai mes doigts dans ses cheveux, puis je tirai sa bouche contre la mienne.

Sitôt que nos lèvres se touchèrent, j'abandonnai toute forme de résistance. Même s'il ne s'agissait que d'une brève aventure, j'avais l'intention de pleinement la savourer.

Puisque Carter aimait être aux commandes, je lui cédai le contrôle. Et j'obtins alors exactement ce dont j'avais besoin.

Il s'empara de ma bouche et sa langue rencontra la mienne. L'étincelle entre nous explosa jusqu'à ce que je lui rende son baiser avec autant de vigueur qu'il me l'offrait.

Je ne pus m'empêcher de gémir lorsqu'il mordilla mes lèvres avant de m'embrasser de plus belle.

Oh doux Jésus ! Ce n'est même plus suffisant.

J'avais désormais envie de déchirer sa chemise afin de pouvoir toucher sa peau nue.

À cet instant précis, j'étais prête à lui donner tout ce qu'il voulait de moi, et ce fut *cette* même pensée qui me fit revenir à la raison.

À bout de souffle, je le repoussai pour mettre un peu de distance entre nous.

Il releva la tête et me regarda d'un air déconcerté.

— Est-ce que ça va ? demanda-t-il.

— Je ne peux pas faire ça, Carter. Je ne peux pas, haletai-je avec panique.

Il écarta délicatement de mon visage une mèche de cheveux égarée.

— Pourquoi, Brynn ? Dis-moi ce qui ne va pas.

Des larmes de frustration se mirent à couler sur mes joues. J'aurais facilement pu lui mentir, mais après ce qu'il venait de partager avec moi à propos de sa vie privée, je décidai de lui dire la vérité.

— J'ai du mal à faire confiance aux hommes, Carter. Beaucoup de mal. Depuis longtemps. Je ne peux pas t'expliquer pourquoi. Je suis désolée. Je dois y aller.

Carter baissa sa garde un instant et je profitai de cette occasion pour m'éloigner de lui.

Honteuse, je me précipitai maladroitement vers la porte d'entrée, après quoi je fus soulagée de pouvoir utiliser l'ascenseur pour redescendre sans carte d'accès.

Ce n'est que lorsque je fus dans mon propre appartement, que je pus m'appuyer contre la porte verrouillée, et pleurer pour de bon.

Chapitre 11

Carter

Crois-tu sincèrement que papa et maman sont morts parce que tu avais un rhume ? demanda Jett avec stupeur le lendemain.

Mon petit frère voulait faire une petite pause dans les préparatifs pour la fête que sa fiancée et sa meilleure amie organisaient chez lui, nous nous étions donc retrouvés dans un bar situé en bord de mer.

Et merde ! Maintenant que j'avais vidé mon sac à Brynn, j'étais manifestement déterminé à devenir ce genre de gars qui révèle ses émotions au monde entier. Je venais de tout déballer à Jett.

Ce fut particulièrement inconfortable, mais étonnamment, je l'avais fait de mon plein gré.

Quel genre de pouvoir surnaturel Brynn avait-elle sur moi ?

Je ne parlais jamais de ce qui pesait sur mon âme. *Jamais.* Ma vie était rythmée par mon travail.

— Peut-être pas autant qu'avant, confiai-je à Jett alors que nous étions assis à une table en terrasse autour d'une bière. Mais j'ai l'impression que tous les gens dont je m'approche finissent soit morts, soit blessés. Je n'ai jamais été bon pour personne.

— Qu'est-ce qui te fait dire ça ? demanda Jett.

— Et si j'étais parti en mission de sauvetage à ta place ? Marcus m'a proposé d'intégrer l'équipe, mais j'ai refusé. J'étais trop occupé à conquérir le monde des affaires. Si j'avais accepté de partir, ma présence aurait-elle changé quoi que ce soit à la survenue de l'accident d'hélicoptère ? Aurais-je été blessé à ta place ? Parce que j'aurais bien voulu subir ces blessures à ta place.

Mon petit frère était sous le choc, et je ne pouvais pas lui en vouloir. Je me comportais habituellement comme un salaud au cœur de pierre, mais tout ce que je venais de lui dire était sincère.

Il y eut un long silence avant que Jett ne réponde.

— Je n'aurais pas voulu que tu sois à ma place, Carter, personne ne peut nous protéger des risques de la vie. Et sache que je serais parti même si tu avais intégré l'équipe, et ta présence n'aurait rien changé à mon destin sauf que tu aurais pu être blessé ou tué dans l'accident. Tu ne peux pas protéger tous ceux que tu aimes. Tu ne penses pas que je donnerais n'importe quoi pour avoir pu protéger Ruby de la vie cauchemardesque qu'elle a connu avant de me rencontrer ? Bon sang, moi aussi je pourrais me convaincre que d'une manière ou d'une autre j'aurais pu la rencontrer plus tôt. Tu dois arrêter tes conneries. De mauvaises choses peuvent arriver, n'importe quand et à n'importe qui. Et aussi déplorable que cela puisse être, nous ne pouvons pas porter la responsabilité de tout ce qui peut arriver aux gens que nous aimons.

— Et pourquoi ne pouvons-nous pas les protéger ? râlai-je avant d'engloutir une grande partie de ma bière.

— Parce que si nous passions tout notre temps à essayer d'empêcher le pire d'arriver, alors nous ne pourrions pas mener une vie normale.

Avec le passé de Ruby, j'étais obsédé par sa protection. Et il m'arrive encore parfois de l'être aujourd'hui. Mais je l'étouffais. J'ai donc pris un peu de recul pour permettre à sa vie de se dérouler tout en faisant de mon mieux pour veiller sur elle. Tu dois aussi faire confiance à la capacité de discernement des gens que tu aimes tout en gardant à l'esprit que la vie est parfois difficile pour tout le monde. Tu ne vis pas, Carter. Tu as trop peur que quelque chose de mal se produise.

Je crois que c'est ce qui t'a motivé à essayer de saboter ma relation avec Ruby, n'est-ce pas ?

Je lui répondis par un hochement de tête affirmatif. Bon sang, je m'en voulais tellement d'avoir mis le bonheur de Jett en péril.

— Ce que tu as fait était donc motivé par ton inquiétude pour moi. Cela me permet presque de te pardonner. C'était très maladroit, mais je sais que tu m'aimes, sourit-il.

— Qui a dit que je t'aimais ? grommelai-je. Je te croyais peut-être juste trop stupide.

Jett ricana.

— Bien sûr que tu m'aimes. Tu dois arrêter de croire que tes actions te protégeront du malheur. J'étais prêt à prendre un risque avec Ruby. Je suis un adulte. Tu aurais dû respecter mon choix. Et j'étais prêt à courir le risque qu'il m'arrive quelque chose quand je suis parti en mission de sauvetage. Crois-le ou non, mais je n'ai aucun regret. Si c'était à refaire, alors je ne changerais rien. Nous avons sauvé des vies quand notre équipe d'intervention existait encore. Nous avons fait du bon travail. Et je n'aurais jamais pu rencontrer ni comprendre Ruby si ma vie s'était déroulée différemment. Je suis désormais à ses côtés et je ne changerais cela pour rien au monde.

— Parce que tu es à moitié fou, dis-je.

— Peut-être. Mais je suis un fou heureux. Et toi, es-tu heureux ?

Je fus un peu pris au dépourvu par cette question que personne ne m'avait encore jamais posée. J'étais milliardaire et à la tête d'une entreprise à laquelle j'étais sacrément fier d'appartenir.

— Je ne sais pas trop, répondis-je avec honnêteté.

— Que s'est-il passé avec Brynn ? Je sais qu'elle te plaît.

— Elle me rend dingue, dis-je avec mécontentement. Elle dit avoir du mal à faire confiance aux hommes.

Je ne voulais pas révéler toute la conversation intime que j'avais eue avec Brynn, alors je n'en dis pas davantage.

— Sais-tu pourquoi ? demanda-t-il.

Je me contentai de secouer la tête.

— Un autre mec ? Peut-être que quelqu'un l'a fait souffrir.

Le simple fait d'imaginer cela ne me plaisait pas du tout.

Jett s'appuya contre le dossier de sa chaise.

— Carter, tu passes ton temps à protéger les autres. Essaie de lui montrer l'homme que tu es vraiment et non le connard que tu peux parfois être. Elle pourra surmonter ses difficultés à faire confiance aux hommes. Dieu sait que Ruby y est arrivée. Mais cela prend du temps.

— Comment a-t-elle fait ? Pourquoi te fait-elle confiance maintenant ?

Je devais bien reconnaître que Ruby avait toutes les raisons du monde de ne faire confiance à personne. Pourtant, elle avait une confiance aveugle en Jett.

— Elle avait besoin de quelqu'un qui ne la trahirait jamais. Je lui ai donné cela.

— Comment as-tu fait ?

— La réponse ne va pas te plaire, mais j'ai dû m'ouvrir à elle et me montrer vulnérable. Je dois également être quelqu'un de fiable. Quelqu'un sur qui elle peut compter, quoi qu'il advienne. Et de toute façon, je fais tout cela sans effort puisque j'ai envie d'être avec elle.

— Je veux être là pour Brynn. Mais j'ai tellement envie d'elle que je n'ai pas les idées claires. Je ne comprends pas pourquoi je me sens si lié à elle. Je ne comprends pas le comportement émotionnel et irrationnel dont je fais preuve chaque fois que je la vois. C'est très chiant.

— Utilise ces choses à ton avantage, suggéra Jett. Tu ne seras peut-être pas toujours parfaitement rationnel en sa compagnie, mais au moins, tu seras là pour elle. Elle a probablement besoin de quelqu'un de stable. Quelqu'un qui saura répondre présent en toutes circonstances. Fais-lui comprendre que tu n'as pas l'intention de disparaître, même si la vie sème des obstacles sur votre chemin.

— Tu sais que je ne suis pas comme ça, dis-je en le regardant d'un œil méfiant.

Il hocha la tête.

— Jusqu'à présent. Mais tu sauras bien assez vite si Brynn est quelqu'un de spécial. Tu seras incapable de rester sans elle. Je ne te dis pas de la harceler, mais j'ai l'impression que tu lui plais. Si Brynn ne s'intéressait pas à toi, alors elle ne t'aurait jamais révélé ce genre de choses à son sujet.

Je pris un instant pour réfléchir à ce qu'il venait de dire. Jett avait raison. Si elle ne luttait pas contre la même attirance que moi, aurait-elle avoué une telle vulnérabilité à son sujet ?

Non.

Certainement pas.

De prime abord, Brynn apparaissait comme une femme indépendante qui avait une parfaite maîtrise de sa vie privée et professionnelle. Plutôt que de gaspiller son argent, elle l'investissait. Et elle songeait déjà à son avenir avant même que sa carrière de mannequin ne soit terminée.

Et elle n'hésitait pas à dire ce qu'elle pensait. Et son intelligence n'avait d'égal que sa beauté.

Voilà pourquoi je l'admirais tant.

Après son départ prématuré de mon appartement hier, j'aurais voulu la rattraper, mais je n'aurais su que lui dire ou que faire. Peut-être que j'aurais dû suivre mon instinct, même si je n'avais pas les mots justes pour tout arranger.

Je ne savais pas ce qui n'allait pas, mais je voulais lui prouver que j'étais capable d'être ce mec fiable sur qui compter, même si je pouvais parfois être un vrai salopard.

Mais je ne pouvais m'empêcher de penser qu'elle serait mieux sans moi.

— Je crois que tu as peut-être raison, dis-je avec réticence.

— Oula ! sourit Jett. Ça doit te coûter de me dire une chose pareille, n'est-ce pas ?

— Tu n'imagines pas à quel point, répliquai-je.

— Si elle t'intéresse vraiment, ne gâche pas tout en croyant ne pas être assez bien pour elle, conseilla Jett après avoir retrouvé son sérieux. Tu devrais plutôt te voir comme le seul homme au monde capable de gagner sa confiance. Je ne saurais comment l'expliquer, mais s'il y a quelque chose entre vous, alors tu dois déjà savoir qu'elle est différente de toutes les femmes que tu as rencontrées auparavant.

— C'est l'impression que j'ai d'elle depuis notre première rencontre, grommelai-je. Je savais déjà qu'elle était belle, mais la première fois qu'elle m'a souri, j'étais foutu. Elle ne me traite pas comme un milliardaire. Ma fortune ne l'intéresse pas du tout. Elle a son propre argent. Et elle n'hésite pas à m'envoyer paître.

— J'ai hâte de voir ça.

— C'est hors de question, dis-je.

— Pourquoi tu ne l'inviterais pas à la fête de fiançailles ? Je sais que Ruby serait ravie de la rencontrer. Elle suit le travail de Brynn et Laura sur les réseaux sociaux. Elle adore leur style.

Moi aussi j'adorais le style de Brynn. Peut-être plus que je ne devrais.

— On verra. Je ne sais même pas si elle me reparlera un jour.

— Si elle te plaît vraiment, alors tu vas devoir la conquérir, Carter.

— Je n'ai jamais eu à conquérir une femme, dis-je.

Je ne disais pas cela par orgueil. Il s'agissait simplement de la vérité, et je ne savais donc pas vraiment comment m'y prendre pour séduire une femme. Je savais simplement comment les mettre dans mon lit, ce qui n'était généralement pas très difficile.

— Tu vas apprendre à le faire, sourit Jett. Suis ton instinct. Et songe à l'inviter à cette fête de fiançailles. Je suis sûr que Ruby n'hésitera pas à te couvrir de louanges auprès de Brynn.

— Je peux au moins compter sur une alliée.

— Tu as toute une famille d'alliés, précisa Jett. Tu ne t'en es juste jamais rendu compte. Blague à part, je veux que toi et Mason parveniez à trouver le même bonheur que moi, Harper et Dani avons trouvé. Si j'avais su que tu te reprochais la mort de maman et papa, il y a longtemps que je t'aurais assommé pour t'enlever ces idées folles de la tête. Et je peux te garantir que Mason, Harper et Danica auraient la même réaction que moi.

— C'est à cause de Brynn que j'ai décidé de t'en parler, avouai-je. Pour une raison qui m'échappe encore, je deviens une fontaine de vérité quand je suis avec elle. Je suis incapable de lui mentir.

— Alors continue à être honnête. Je pense que c'est précisément ce dont elle a besoin, dit Jett.

— Je vais essayer, lui dis-je avant de me lever avec Jett tout en posant l'argent de nos consommations sur la table.

— Je ferais mieux d'y aller, dit-il. Merci pour la pause.

En quittant le bar, et alors que Jett boitait à côté de moi, je ne ressentis pas la culpabilité qui m'accablait habituellement.

Au lieu de le voir comme mon petit frère blessé, je ne voyais aujourd'hui que...Jett. Il avait changé de manière très positive depuis sa rencontre avec Ruby, et il était actuellement bien plus heureux que moi.

Espèce de chanceux !

Brynn

— Je n'ai pas l'intention de disparaître, grogna Carter après avoir fait irruption chez moi. Je me fous de ce que tu penses des autres hommes. Tu finiras par me faire confiance.

Frappée de stupeur, je restai immobile devant la porte ouverte tandis que Carter faisait les cent pas dans mon salon.

Après un long moment, je refermai la porte, sans néanmoins le quitter des yeux.

Après avoir quitté son appartement en courant, je ne m'attendais pas à le revoir un jour, et encore moins le lendemain. J'aurais pourtant cru que ma petite confession l'aurait fait fuir, me plaçant dans la catégorie des femmes à *problèmes*.

Il continua à parler tout en arpentant le salon.

— Peut-être que je m'en suis toujours voulu pour des trucs qui étaient totalement hors de mon contrôle. Même si rien ne me semblait être hors de mon contrôle, fulmina-t-il. Je serai patient. Je ne l'ai pourtant *jamais* été. Mais je suis prêt à essayer de le devenir si tu veux bien me laisser le temps de comprendre pourquoi je ne peux plus me passer de toi. Bon sang, je vais même essayer de ne pas te toucher, mais je ne peux rien garantir à ce sujet non plus. Mais je peux essayer, pour que tu puisses me faire confiance.

J'eus l'impression que mon cœur était pris dans un étau en regardant Carter Lawson - milliardaire et dirigeant de l'une des plus grandes entreprises du monde - essayer de me rendre heureuse.

Il avouait être imparfait, et rien ne me touchait plus que cela.

Je fondis sur place en l'écoutant parler comme s'il ne pouvait plus s'arrêter.

Jamais de toute ma vie je n'avais rencontré un homme comme lui, et je n'en rencontrerai probablement jamais un autre.

— Je suis désolée à propos d'hier soir, dis-je en m'approchant et en m'arrêtant juste devant lui pour qu'il cesse de marcher dans tous les sens.

— Je me fiche d'hier soir, dit-il d'un ton guttural. Je veux que tu puisses me faire confiance. Je n'ai peut-être jamais été le genre de gars qui inspire confiance, mais j'aimerais vraiment essayer de le devenir pour toi.

Le fait qu'il se mette à nu émotionnellement me donnait envie de le laisser se rapprocher de moi.

— J'ai peur, Carter. Je n'ai jamais ressenti ça. Absolument jamais. Certes, j'ai déjà fréquenté des hommes. Mais je n'ai jamais *voulu* de quelqu'un comme cela.

— Moi non plus, grommela-t-il. Alors qu'allons-nous faire à ce sujet ? Parce que cette fois, je n'ai pas l'intention de renoncer. Je n'en suis pas capable.

— Moi non plus, confessai-je en poussant un soupir.

Après avoir quitté l'appartement de Carter la veille au soir, j'étais si dévastée que j'avais pleuré pendant une heure. Pourtant, je ne pleurais jamais, même quand j'étais seule, et encore moins devant quelqu'un. Je ne laissais jamais un homme avoir ce genre de pouvoir sur moi. Pour une raison quelconque, mes systèmes de défense ne fonctionnaient plus devant lui.

C'était inconfortable.

C'était effrayant.

Mais je ne pouvais pas me débarrasser de mes sentiments pour lui et disparaître.

Quoi qu'il advienne, l'arrivée de Carter Lawson dans ma vie laisserait inévitablement une cicatrice. Il ne restait plus qu'à découvrir quelle serait la gravité de cette blessure.

— Alors que veux-tu faire ? demanda-t-il.

— Aller dîner avec toi ? Ce serait un bon début, lui dis-je avec un petit sourire.

Il me rendit un sourire radieux et son attitude changea complètement.

— C'est la première fois que je me révèle comme ça pour convaincre une femme de dîner avec moi.

Comment pourrais-je bien lui expliquer que c'était précisément *cela* qui me mettait suffisamment à l'aise pour accepter de dîner avec lui ?

Il ne fallait pas être un génie pour comprendre qu'il n'avait pas l'habitude d'une telle situation.

Carter était un homme puissant, un homme qui pouvait obtenir à peu près tout ce qu'il désirait. Un milliardaire comme lui possédait déjà tout *avant* même d'avoir besoin de quoi que ce soit.

Pourtant, voilà qu'il s'adressait à moi avec honnêteté.

Et sans m'y attendre, cela avait détruit l'un des murs protecteurs que j'avais érigés tout autour de moi.

— Tu as enfin obtenu ce que tu voulais, lui fis-je remarquer.

— J'en veux beaucoup plus, répondit-il d'une voix traînante. Mais je peux attendre que tu me fasses entièrement confiance.

Je frémis en le regardant dans les yeux. De mon cuir chevelu à mes orteils, je pouvais sentir la chaleur incendiaire qui régnait entre nous, ce qui fit palpiter mon cœur. Pourquoi étais-je incapable de regarder Carter sans penser à ce que deviendrait toute cette intensité si nous étions nus, nos corps enlacés, et si je pouvais m'abandonner à cette passion ?

— Merci, dis-je après avoir dégluti difficilement.

— Pour ? demanda-t-il d'un air perplexe.

— Pour vouloir apprendre à me connaître à tel point que tu en deviens honnête.

— Ce n'est vraiment pas facile d'être honnête. Mais je vais m'y habituer, répondit-il.

J'éclatai de rire.

— Je n'en doute pas.

Carter perdait peut-être sa façade sophistiquée quand il était sincère, mais j'étais désormais encore plus convaincue que cet homme avait bien plus à offrir que le génie du marketing qu'il montrait au monde entier. Je savais cela depuis le début.

Carter Lawson n'était pas à l'aise avec lui-même, mais personne ne comprenait cela mieux que moi. Il avait passé beaucoup trop de temps à être la vitrine de *Lawson Technologies* pour comprendre qu'il était en réalité quelqu'un de bien.

— Est-ce que tu souhaites m'expliquer pourquoi tu ne fais pas confiance aux hommes ? demanda-t-il.

L'inquiétude dans son regard était réelle, mais je n'étais pas encore prête à lui parler de mon passé.

— Pas encore. Nous devrions plutôt penser à notre dîner. Je n'ai rien mangé aujourd'hui.

— Sélectionne le restaurant de ton choix, dit-il agréablement.

L'espace d'un bref instant, je crus apercevoir de la déception dans ses yeux.

— Ce soir, je cuisine, lui dis-je. Je te préviens, ce ne sera pas un repas gastronomique.

— Est-ce que tu aimes cuisiner ? demanda-t-il.

Carter ne m'avait encore jamais vu cuisiner puisque j'avais reçu l'ordre de ne pas m'appuyer sur ma cheville après ma blessure.

— J'adore cuisiner. Mais je n'ai pas tout ce dont j'ai besoin pour faire quelque chose de délicieux.

— Du moment que je n'ai pas à faire la cuisine, tout me paraît délicieux. Mais demain, nous sortirons. Être en ma présence ne devrait pas te donner du travail.

— Viens m'aider, dis-je en le poussant vers la cuisine.

— Tu risques de le regretter, me prévint-il.

Il s'avéra ensuite que cette mise en garde était parfaitement justifiée, si bien que je dus l'asseoir à la table de ma cuisine avec une bière après qu'il se soit pratiquement coupé les doigts en essayant d'émincer des poivrons.

Il me regarda alors avec une sorte de fascination tandis que je découpais tous les ingrédients pour les ajouter à une omelette.

— Comment fais-tu ça si vite ? demanda-t-il.

— L'habitude, répondis-je. Je vivais seule avec ma mère et elle travaillait beaucoup quand j'étais adolescente. Nous partagions donc la préparation des repas. Quand je suis partie à New York pour travailler, je devais non seulement surveiller mon alimentation, mais je disposais de surcroît d'un budget limité.

— Est-ce que tu t'es vraiment privée de nourriture pour pouvoir faire du mannequinat ? demanda-t-il d'un air mécontent.

— Tout le temps, répondis-je en commençant à cuire les omelettes. Le monde du mannequinat est parfois très moche. Les gens pensent que la vie d'un mannequin est glamour, mais ce n'est pas le cas. Les journées peuvent être sacrément longues aux auditions ouvertes pour essayer de décrocher un contrat, et la rémunération est très mauvaise si tu n'es pas encore connu dans le milieu. Et si tu n'es pas naturellement très mince, alors il faut s'affamer pour entrer dans les petites tailles. J'ai commencé à l'âge de seize ans, mais il m'a fallu beaucoup de temps pour vraiment décoller. Quand j'ai commencé à avoir des hanches et des fesses de femme, il m'était presque impossible d'enfiler une taille trente-quatre.

J'étais sidérée par ma facilité à me confier à Carter. Son intérêt manifeste pour ma vie me mettait très à l'aise.

— Alors tu ne mangeais pas ?

— Il m'arrivait parfois de passer une semaine complète en ne m'alimentant qu'avec de la laitue et de l'eau. Quand j'ai rencontré Laura, nous commencions toutes les deux à nous faire connaître dans le métier. Mais nous étions également épuisées et en mauvaise santé à force de lutter contre nos morphologies respectives. Les troubles alimentaires sont assez courants, et la consommation de drogue n'était pas inhabituelle. Laura était encore plus affaiblie que moi.

Elle est naturellement plus corpulente que moi, sa structure osseuse est plus massive et elle était littéralement en train de mourir de faim. Je pouvais voir tous ses os à travers sa peau. À ce moment-là, nous avons décidé qu'une carrière de mannequin d'une durée de dix ans ne valait pas la peine d'accumuler des problèmes de santé qui nous suivraient toute notre vie.

— Alors qu'avez-vous fait ?

Je lui adressai un petit sourire.

— Nous avons pris soin de notre santé. Et nous avons refusé les tailles imposées par les créateurs de mode. Nous avons toutes deux repris du poids et nous nous sommes mises au sport. Laura est devenue mannequin plus-size, la première à faire la couverture de plusieurs magazines féminins.

— Elle n'est pourtant pas ce que j'appellerais *plus-size*, commenta-t-il. Elle a simplement des formes parfaitement féminines.

— Tu serais surpris de savoir ce que l'industrie du mannequinat considère comme étant *plus-size*. Certaines de ces femmes sont moins corpulentes que moi. Dans le monde réel, cela n'a rien de naturel. Et rien de réaliste. C'est pour ça que nous avons créé notre blog sur la diversité des corps. Aux États-Unis, la taille moyenne portée par une femme est un quarante-six. Pourtant, les mannequins sont obligées de rentrer dans un trente-quatre. C'est ridicule. Il n'y a pas beaucoup de femmes qui font cette taille de façon naturelle.

— L'idée que tu te sois privée de nourriture pendant si longtemps ne me plaît pas du tout, gronda-t-il.

— Ce n'est plus le cas aujourd'hui, le rassurai-je. Je maintiens ma corpulence actuelle sans trop d'efforts. Le jour où cela ne suffira plus pour garder mes contrats, je démissionnerai.

— Tu pourrais démissionner tout de suite, suggéra-t-il avec espoir.

— J'aime mon métier, dis-je. Avec Laura, nous passons beaucoup de temps à dire aux femmes qu'elles n'ont pas à devenir ce qu'elles ne sont pas. Elles doivent apprendre à s'aimer et à s'accepter telles qu'elles sont.

— Tu serais belle quelle que soit ta corpulence, dit-il d'un ton catégorique.

Mon cœur manqua un battement. Au cours de ma vie, rares étaient les gens qui n'avaient pas essayé de me faire changer.

— Merci. Mais assez parlé de moi. Parle-moi de ta famille. Tu étais avec ton frère aîné lors de la soirée caritative, n'est-ce pas ?

— Mason, répondit-il. Mon frère aîné, bourreau de travail, maniaque, qui ne s'est probablement pas envoyé en l'air depuis dix ans parce qu'il refuse de quitter son bureau. Jett est le plus jeune de la fratrie, il est fiancé maintenant, et j'ai deux sœurs qui se sont mariées et qui vivent désormais dans notre ville natale de Rocky Springs, dans le Colorado.

Je déposai son omelette aux légumes dans une assiette, puis j'ajoutai les pommes de terre que je venais de préparer en accompagnement. Enfin, je plaçai un petit pain au sucre dans une assiette à dessert.

— Est-ce que tu vois tes sœurs fréquemment ? demandai-je en déposant le tout devant lui.

— Pas assez, répondit-il. Elles viennent ici pour la fête de fiançailles de Jett. Ça fait longtemps que je ne les ai pas vues. Je veux voir ma nièce et mon neveu. Harper a deux enfants.

Carter attaqua son omelette pendant que je préparais la mienne. Je m'abstins de me servir des pommes de terre ainsi que le petit pain au sucre, puis je me joignis à lui.

— C'est délicieux, Brynn. Je crois que c'est la première fois qu'une femme me fait à manger.

Ce qu'il venait de me dire là était particulièrement triste, mais cela n'avait rien d'étonnant : les femmes le voyaient sûrement comme un homme qui pouvait se permettre de les emmener au restaurant tous les jours. Je comprenais bien ce que Carter ressentait. En tant que mannequin censée mener une vie glamour, aucun homme ne me voyait comme une femme normale non plus.

— Ça m'a fait plaisir de cuisiner, et je n'aime pas trop les endroits chics. J'adore manger, mais je suis plus intéressée par la nourriture que par l'ambiance d'un restaurant. Certaines des meilleures tables que j'ai essayées à Seattle sont de tout petits établissements discrets.

Carter eut l'air horrifié.

— Des restaurants abordables ?

— Oui, tu devrais les essayer. Et tu ne me feras pas croire que tu es un snob de la nourriture sachant que tu manges les hamburgers de chez Dick ainsi que des hot-dogs au fromage.

Il m'adressa un sourire et posa sa fourchette dans son assiette vide.

— Comme je te l'ai dit, c'est à *toi* de sélectionner le restaurant pour notre dîner.

— Je ne vous coûterai pas cher, monsieur Lawson, plaisantai-je.

Carter me regarda, ses yeux bleus rivés sur mon visage.— Je me fous complètement d'où nous irons. Tout ce qui m'importe, c'est que tu sois en ma compagnie.

Le cœur léger, je continuai à manger en silence. Je ne pouvais pas répondre grand-chose à un commentaire aussi gentil que celui-ci.

Chapitre 13

Brynn

Les semaines qui suivirent furent les plus heureuses de toute ma vie.

Je passais mes week-ends avec Carter, et nous passions nos soirées à découvrir de nouveaux restaurants.

Nous sommes allés à la Space Needle, même si nous l'avions déjà tous les deux vu.

Nous sommes allés voir des expositions d'art, ce qui ne manquait pas à Seattle.

Carter m'a emmenée explorer les îles San Juan, où nous avons fait une excursion pour observer des orques.

Et puisqu'il m'a proposé de le faire, je me suis occupée de choisir nos restaurants pendant quelques jours juste pour lui montrer que *cher* ne rimait pas nécessairement avec *bon*.

Après lui avoir montré mes adresses préférées, il m'a emmenée aux siennes. Je devais reconnaître qu'il avait bon goût. Nous avons donc décidé de trouver un équilibre en fréquentant aussi bien des restaurants chers et abordables, tant que la cuisine y était savoureuse.

Nous allions à la salle de sport ensemble, ou courir dans le parc.

Je découvrais tous les jours quelque chose que j'aimais à propos de Carter. Son humour pouvait être sec et sarcastique, mais le mien l'était aussi, alors il me faisait rire.

Je m'habituais un peu trop à être avec un homme qui cherchait vraiment à me connaître et qui se souciait de mon bien-être. Et j'étais bien trop habituée à voir quotidiennement son magnifique visage.

C'était effrayant.

Et c'était addictif.

Je devrais peut-être partir en courant, mais je refusais de laisser mes peurs me priver de cette belle rencontre.

Pas une seule fois Carter ne m'avait donné la moindre raison de ne pas lui faire confiance.

Je n'avais donc pas l'intention de lui faire subir mon passé.

Il se contentait pour l'instant de me tenir la main ou de glisser son bras autour de ma taille, et mon désir de le déshabiller constituait une véritable torture. Mais nous aimions tellement passer du temps ensemble que j'étais prête à souffrir pour continuer à le voir.

Pourtant, je mourrais d'envie d'explorer une relation plus intime avec lui.

— À quoi penses-tu ? demanda-t-il, assis de l'autre côté de la table d'un restaurant italien que nous avions décidé d'essayer.

— À toi, murmurai-je tout en examinant le menu.

Avec Carter, je pouvais être complètement honnête sans jamais subir le moindre jugement de sa part.

— J'espère que tu nous imagines ensemble et complètement nus, me taquina-t-il.

Oh, oui, j'avais oublié de préciser qu'il ne se lassait jamais de faire des commentaires sexy. Il n'était tout simplement pas encore passé à l'action.

— À vrai dire, c'est précisément ce à quoi je pensais, dis-je de ma voix la plus libidineuse. J'espère que c'était bon pour toi, parce que ça l'était pour moi.

Tout devenait plus intense entre nous, même nos conversations. Nous luttions contre la tentation depuis bien trop longtemps.

— Ce serait plus que bon, Brynn, répondit-il d'une voix rauque.

Je levai les yeux vers lui.

— Je sais.

Mon corps se mit littéralement à trembler lorsque nos regards se rencontrèrent, et je ressentis la force de notre attirance directement entre mes cuisses. J'étais affamée et prête à le dévorer. Je pourrais facilement nous dispenser de ce repas et passer directement à Carter.

Je faillis tomber de ma chaise lorsque le serveur nous extirpa de notre cocon sexuel pour prendre notre commande.

Lorsqu'il fut enfin parti, Carter dit : — Je crois que je suis en train de perdre la tête. Je suis à deux doigts de pousser tout ce qui est sur cette table pour te prendre sur cette jolie nappe blanche.

Je retins mon souffle en imaginant ce qu'il venait de décrire.

Je voudrais bien être nue et à la merci de Carter ici même, sur cette table, mais.... — Je pourrais me passer du public, mais le reste me semble très attrayant.

— Tu as raison, grogna-t-il. Je ne veux pas qu'un autre homme que moi te voie nue. Oublie cette idée.

Mon téléphone portable se mit à sonner dans mon sac à main. Je pivotai alors sur ma chaise pour m'emparer de mon sac qui était suspendu à la chaise.

— Salut maman, dis-je d'une voix un peu haletante après avoir décroché. Je ne suis pas chez moi. Est-ce que je peux te rappeler quand je serai rentrée ?

Carter avait prévenu son personnel de bord que je prendrais son avion pour aller lui rendre visite, mais je n'avais encore rien dit à ma mère. J'étais tellement occupée par Carter que nous n'avions pas eu une seule longue conversation ces dernières semaines.

— J'ai quelque chose à te dire, Brynn. J'aurais peut-être dû te le dire avant. Mais je dois t'en parler maintenant.

Je fus instantanément alertée par le ton de sa voix. Ma mère manifestait rarement autant de nervosité.

— Qu'est-ce qui se passe ? Tes derniers examens médicaux ne sont pas bons ?

— Non, dit-elle aussitôt. Ce n'est pas ça. Rien de tel. Brynn, j'ai fini par accepter une interview sur ce qui s'est passé. Je savais que tu n'aurais pas été d'accord, et ce n'était pas mon intention de le faire dans ton dos. C'est quelque chose dont j'avais besoin pour tourner la page.

— Avec qui ? demandai-je en sentant mon estomac me remonter dans la gorge.

— Marissa Waters, répondit-elle avec hésitation.

— Oh mon Dieu, haletai-je.

Mes mains se mirent à trembler et je me sentis soudainement nauséeuse. Marissa Waters était une journaliste célèbre, probablement la plus connue du pays.

— Pourquoi, maman. Pourquoi as-tu besoin d'en parler ?

Cela faisait des années que j'essayais de vivre ma vie normalement sans penser au passé ni m'inquiéter de l'avenir. Mais ma mère veut *toujours* parler de ce qui est arrivé.

Contrairement à moi.

— Parce qu'il était temps de le faire, dit-elle avec fermeté. Cette histoire appartient au passé, Brynn. Nous ne pouvons rien changer à ce qui est arrivé. Je ne t'ai pas mentionnée par ton nom, et personne ne saura qui tu es.

— Je me fous de ça, la contredis-je.

Je n'étais pas aussi superficielle. J'étais davantage préoccupée par les dommages émotionnels que cela pourrait lui causer.

— Je ne veux simplement pas que tu souffres.

— Je crois que tu souffres plus que moi, ma fille adorée, répondit-elle. Je suis désolée que cela te contrarie, mais l'interview sera diffusée ce soir à vingt et une heures. Je voulais que tu le saches.

— Je ne veux pas la voir, dis-je avec inquiétude.

En réalité, je savais déjà que je la regarderais puisqu'il s'agissait de ma mère.

— Tu n'es pas obligée de la regarder, acquiesça-t-elle. Je ne voulais simplement pas que tu tombes dessus sans être au courant. C'est mon problème, Brynn, pas le tien. Je veux passer à autre chose. Je veux avoir un avenir avec Mick. Et cela implique de laisser le passé derrière moi une bonne fois pour toutes.

— Je ne comprends pas, lui dis-je d'une voix pleurnicharde, même à mes propres oreilles. Et je détestais ma propre réaction.

— Je suis désolée. Appelle-moi quand tu peux, dit-elle. Je t'aime.

— Je t'aime aussi, dis-je machinalement même si mes émotions étaient à vif.

Je raccrochai et posai le téléphone sur la table.

— Brynn, qu'est-ce qui ne va pas ? On dirait que tu as vu un fantôme, dit Carter avec inquiétude.

— Tout va bien, mentis-je.

J'avais beau ne pas avoir vu de fantôme, je ne tarderais pas à entendre parler d'un fantôme.

Je jetai un coup d'œil à ma montre. Il était encore tôt. Je devrais donc avoir le temps de dîner avant le début de l'interview.

— Non, tout ne va pas *bien*, observa-t-il en prenant ma main dans la sienne. Tes mains sont glacées et tu trembles comme une feuille. C'était ta mère au téléphone ?

Je levai les yeux vers lui et répondis par un hochement de tête affirmatif. *Que penserait-il si je lui disais la vérité ?*

— Il va se passer quelque chose de mauvais, Carter.

— Quoi ? dit-il d'une voix puissante. Dis-moi, Brynn. Nous pouvons faire face à n'importe quoi ensemble.

Je secouai la tête.

— Pas ici. Pas maintenant. Nous en parlerons quand nous sortirons d'ici.

— Dans ce cas, nous allons avaler le repas le plus rapide de notre vie, parce que tu commences vraiment à m'inquiéter.

Je pris une profonde inspiration pour essayer de rester concentrée sur l'instant présent.

Je me trouvais ici avec Carter.

Le passé appartenait au passé.

Je levai les yeux pour lui adresser un petit sourire triste.

— Je devrais m'en remettre.

— T'as plutôt intérêt. J'y veillerai personnellement, répondit-il.

Pendant notre repas, nous étions totalement silencieux.

Mon passé s'apprêtait à refaire surface, mais il était enfin temps de me confier à quelqu'un d'autre que Laura.

J'espérais que Carter pouvait sincèrement entendre tout ce que j'avais à lui avouer. Mon secret était monumental et, à ce stade, je ne supporterais pas de perdre Carter.

Brynn

— Tu peux me dire tout ce que tu veux, ça n'a pas d'importance, grogna Carter alors que nous entrions dans mon appartement.

Je jetai mon sac à main sur la table avant de m'asseoir sur le canapé. Habituellement, Carter s'installait sur le fauteuil situé à côté du canapé, mais cette fois, il se posa juste à côté de moi.

J'avais la sensation qu'un barrage venait de céder en moi et que toutes mes émotions devaient désormais se déverser.

J'avais gardé ce secret pendant très longtemps, mais je ne pouvais plus le cacher à Carter.

Notre relation naissante était trop intense et trop honnête.

J'avais besoin de lui en ce moment même. J'avais besoin de me sentir normale. J'avais besoin de réconfort, même s'il n'en existait aucun pour ce qui m'accablait.

— Tu ne connais pas encore la vérité, dis-je d'une voix tremblante.

Carter se tourna vers moi, son corps chaud si près du mien que je voulais tout bonnement me jeter dans ses bras et le laisser me dire que plus rien de tout cela n'avait d'importance.

Mais je ne pouvais pas.

— Alors parle-moi, Brynn. Bon sang, tu n'as toujours pas compris que je n'ai pas l'intention de disparaître ? Je n'ai pas non plus l'intention de te juger. Bon Dieu ! J'ai fait des choses inavouables dans ma vie. Quoi que tu me dises, il n'y a pas grand-chose qui puisse être pire que ce que j'ai fait.

Je pris une grande inspiration avant de m'exprimer. — Ce n'est pas tant ce que j'ai fait, mais plutôt qui je suis.

Carter appuya contre son dos contre le dossier du canapé.

— Je t'écoute. Et je resterai assis ici jusqu'à ce que tu m'expliques pourquoi tu as frôlé la crise d'angoisse au restaurant. Et je sais qui tu es. Tu es une femme incroyablement belle, drôle et intelligente qui me rend dingue.

Dieu merci, Carter était têtu. J'avais besoin de son obstination ce soir.

Je ne savais pas trop comment ni par où commencer.

— Mon nom de naissance n'est pas Davis. J'ai pris le nom de jeune fille de ma mère quand elle se l'est elle-même réappropriée. J'avais quatorze ans, expliquai-je dans un murmure à peine audible. Je suis née Brynn Dixon. Mon père est Harvey Dixon.

Carter prit ma main dans la sienne.

— Je ne comprends pas. Qui est Harvey Dixon ?

Je fus presque soulagée de constater que ce nom ne lui disait manifestement rien du tout. Mais après ce bref instant de soulagement, je me souvins que je ne lui avais encore rien expliqué.

— Il était le Cross Country Killer, l'un des violeurs et tueurs en série les plus prolifiques de l'histoire des États-Unis, lâchai-je avant de changer d'avis.

Carter parut sincèrement choqué.

— J'ai vécu avec un monstre pendant quatorze ans, sans le savoir, ajoutai-je. Tout ce que je savais, c'est qu'il était mon père. Je l'aimais comme un père. Il était routier, et j'étais toujours impatiente qu'il rentre à la maison après ses longs périples. Il m'a appris à jouer au softball, à faire du vélo, et je pensais qu'il m'aimait. Cependant, j'ai compris que tout ce que je savais de lui n'était qu'un mensonge lorsque la police est venue l'arrêter. Il a violé des dizaines de femmes avant de les tuer et de se débarrasser de leurs corps. Certaines d'entre elles n'avaient que quelques années de plus que moi à l'époque. Des jeunes filles mineures qui se prostituaient pour survivre.

Je me mis à sangloter tant la douleur qui m'accablait était intense.

À l'époque, je me suis sentie tellement perdue.

Dévastée.

Déracinée.

Et tout ce que j'ai ressenti à l'âge de quatorze ans me submergeait aujourd'hui à nouveau comme une vague.

Le seul homme à qui je faisais confiance quand j'étais une enfant était en réalité une personne radicalement différente du père que je connaissais.

Carter posa ses mains sur mes épaules.

— Brynn, tu n'es pas ton père.

— Non, mais je suis la fille d'un monstre, sanglotai-je avant de me jeter dans ses bras.

Ils s'enroulèrent alors autour de moi comme de l'acier et je savourai le sentiment d'être protégée pour la première fois de ma vie.

— Shhh...Brynn. Ça n'a vraiment pas d'importance, ma chérie. C'est son fardeau, pas le tien.

— J'avais quatorze ans. Je me suis sentie trahie, lui dis-je dans un sanglot étranglé.

— C'est parfaitement normal. Ta mère était-elle au courant ? Se doutait-elle de ce qui se passait ? S'il a tué un si grand nombre de femmes, c'est que cela a duré des années.

Je secouai la tête.

— Non. Personne n'était au courant. Il avait un comportement normal. Il rentrait à la maison et occupait son rôle de père de famille. Il m'emmenait partout où je voulais aller. Il me mettait au lit tous les soirs et me lisait une histoire. Quand nous avons découvert la vérité, je l'ai d'abord défendu. Je pensais que la police avait arrêté la mauvaise personne. Mais je me trompais. Quand ma mère et moi avons vu les preuves accablantes à son encontre, nous avons compris qu'il était coupable.

— Bon Dieu, je suis tellement désolé, Brynn, dit-il en resserrant ses bras autour de moi.

Je continuai à parler parce que je ne pouvais plus m'arrêter. — Les gens nous en ont voulu, à moi et à ma mère. Ils disaient que nous aurions pu le dénoncer plus tôt. Que nous aurions dû remarquer quelque chose. Mes amies n'avaient plus le droit de me parler. Nous étions isolées, nous sommes devenues l'ennemi, même si nous n'y étions pour rien.

— C'est pour cela qu'elle a changé ton nom ? demanda-t-il.

— Oui, nous avons pris son nom de jeune fille, nous avons déménagé et j'ai changé d'école. C'était un secret. Je ne pouvais en parler à personne. Personne ne savait que je passais mes journées à me demander si j'étais comme lui.

— Arrête, Brynn, ordonna-t-il. Tu n'es pas complice. Dans cette situation, tu es une victime.

— Pourtant, je me sens coupable. Je me suis toujours sentie coupable.

— Bon Dieu ! Personne ne connaît ce sentiment mieux que moi, mais tu sais pourtant que ce n'est pas vrai.

Je relevai lentement la tête pour le regarder dans les yeux. Je n'y vis alors que de la compassion et de la colère, et je savais que cette colère ne m'était pas destinée.

— J'ai bénéficié d'un suivi psychologique pendant des années. Rationnellement, je sais que je n'y suis pour rien, Carter. Mais je ne peux rien changer au fait que mon père était un tueur en série. Et peut-être que nous aurions dû nous rendre compte de quelque chose plus tôt. Il a tué des femmes pendant plus d'une décennie. Et quand je pense que pendant tout ce temps il me traitait comme un père aimant, ça me rend malade.

— Écoute-moi, ma chérie. Rien. De. Tout. Cela. N'était. De. Ta. Faute, dit-il d'une voix grave et réconfortante.

— Je crois que j'ai passé ma vie à fuir par crainte que *tout le monde* soit différent. Par crainte que tout le monde cache quelque chose. Je ne voulais plus faire confiance à qui que ce soit, surtout pas à un homme.

— Je peux le comprendre, mais tu dois arrêter de fuir, et j'ai d'ailleurs l'intention de cacher tes chaussures de course, grommela-t-il en s'essayant à un peu d'humour.

— Tu ne me vois vraiment pas différemment maintenant que tu sais ça ? demandai-je avec hésitation. Tu ne te demandes pas si certains des gènes que je partage avec mon père peuvent être mauvais ?

— Absolument pas, explosa-t-il. Certes, j'aimerais pouvoir le tuer de mes propres mains pour l'enfer qu'il t'a fait subir, ainsi que pour l'enfer qu'il a fait subir à toutes ces femmes, mais tu es une personne extraordinaire à tout point de vue, Brynn. Je suppose qu'il est aujourd'hui en prison ?

— Il est mort, répondis-je d'un ton neutre. Il est mort en prison d'un cancer il y a quelques années.

— Tu n'étais plus en contact avec lui ?

— Non. J'en étais incapable. Mon père est devenu le cauchemar de ma vie. Je ne voulais même pas avoir un lien de parenté avec lui. Il a détruit ma vie ainsi que celle de ma mère. Nous purgions sa peine à perpétuité avec lui puisque nous devions faire face à la culpabilité et à la honte qui auraient dû être les siennes, dis-je.

Je tremblais encore un peu, mais je retrouvais lentement mon calme.

— Que s'est-il passé avec ta mère qui t'a autant bouleversée ce soir ? demanda Carter avec bienveillance.

— Elle a enregistré une interview avec Marissa Waters. L'interview sera diffusée dans un peu moins d'une heure. Ma mère dit qu'elle avait besoin de le faire pour tourner la page.

Carter hocha la tête.

— Elle n'a peut-être pas tout à fait tort. Tu as peut-être toi aussi besoin de ça pour passer à autre chose. Non pas que je te conseille de donner une interview. Mais de toute évidence, c'est quelque chose qui t'affecte encore beaucoup aujourd'hui.

— C'est hors de question. Je n'ai pas vraiment envie d'en parler. J'en ai parlé jusqu'à l'épuisement pendant mes années avec les psychologues. Je veux vivre ma vie actuelle. Je ne veux pas continuer à revivre le passé.

— Tu as peut-être besoin de fermer cette porte avant de pouvoir avancer, suggéra-t-il.

Je pris un instant pour réfléchir à ce qu'il venait de dire.

Ai-je déjà sincèrement fait face à la vérité, ou me suis-je simplement contentée de la mettre sous le tapis ?

— Je n'ai jamais vraiment eu quelqu'un à qui je voulais confier mon secret. La seule autre personne à être au courant, c'est Laura, et elle n'a jamais insisté. Elle sait que c'est un sujet sensible pour moi.

— Dans ce cas, parle-moi, insista-t-il.

— Je ne sais pas quoi dire, dis-je d'une voix faible. J'ai l'impression de porter un fardeau dont je ne pourrai jamais me débarrasser. Cela fait quinze ans que ça me hante et je pense que ça ne disparaîtra jamais. Je ne peux pas changer mon patrimoine génétique. Si les gens étaient au courant, ils me jugeraient. Et si un jour j'ai des enfants, je devrais leur expliquer ce qui s'est passé avec mon père. Comment dire à son propre enfant que son grand-père a violé et tué tant de femmes et que nous ne les connaissons probablement pas toutes ?

Carter me caressa tendrement les cheveux et répondit : — Tu pourras te soucier de ça le moment venu. Pour l'instant, tu dois trouver ta propre paix. Toutes les familles ont leur mouton noir.

— Je me suis intéressée à mon arbre généalogique. La famille de mon père est aux États-Unis depuis des siècles, sans aucun antécédent judiciaire. Pas de criminel. Pas de mouton noir. Jusqu'à lui.

La génétique de ma famille était une obsession pour moi. Je n'ai pas arrêté mes recherches avant de savoir qu'il n'y avait pas d'autres criminels dans les ascendants de mon père.

Apaisée par la présence de Carter, je poussai un soupir.

— Je ne sais pas comment t'aider à comprendre que rien de tout cela n'était pas de ta faute, dit-il d'une voix tourmentée.

— Le simple fait que tu sois ici avec moi et que tu ne me vois pas différemment m'aide déjà beaucoup, répondis-je.

Je me suis sentie perdue pendant si longtemps que c'était un soulagement d'avoir enfin quelqu'un qui soit capable de *me* voir sans voir mon père.

Il enroula à nouveau ses bras autour de moi et me tira contre lui, me permettant de me détendre un peu.

Le sentiment de sécurité que Carter Lawson me procurait était le plus grand réconfort de ma vie depuis l'arrestation de mon père.

— Ce n'est pas parce que tu partages quelques gènes avec quelqu'un de mauvais que tu n'es pas parfaite, murmura-t-il près de mon oreille.

— Je dois regarder l'interview. C'est ma mère.

Est-ce que tu veux la regarder avec moi ? demandai-je. En effet, ce serait tellement plus facile d'avoir Carter à mes côtés.

— Je ne bouge pas d'ici, dit-il sans hésitation.

Je commençais à croire que rien de ce que je pouvais lui dire ne le ferait fuir.

J'espérais seulement ne pas me tromper. J'avais survécu à la culpabilité et à l'humiliation d'être la fille d'un tueur, mais je ne me remettrais probablement pas de la perte de Carter Lawson.

Chapitre 15

Carter

Je vais m'absenter pendant quelque temps, dis-je à mes frères lors d'une visioconférence le lendemain matin. J'avais prévu de quitter la ville avec Brynn. L'interview de sa mère lui avait déchiré le cœur.

Je savais désormais que sa mère avait témoigné lors du procès.

Je savais aussi que des ordures de leur ville avaient envoyé des lettres aux médias pour signaler que Brynn et sa mère auraient pu empêcher certains décès.

Bon Dieu, Brynn n'était qu'une enfant à l'époque, et cela n'empêchait pas les gens de rejeter la faute sur elle.

Tout cela avait détruit leur vie.

À bien des égards, je comprenais pourquoi la mère de Brynn ressentait le besoin de donner sa version des faits. Elle souhaitait rappeler au monde entier que seul l'auteur des faits était à blâmer. Son message était clair.

Pourtant, Brynn ne semblait pas vouloir l'entendre. Du moins, pas complètement. Après l'interview, elle était dévastée.

— De combien de temps as-tu besoin ? demanda Mason d'un ton bourru.

— Je ne sais pas. Peut-être quelques semaines. Peut-être un mois, répondis-je.

Je n'avais aucune idée du temps nécessaire à la cicatrisation d'un cœur, mais j'avais l'intention de rester avec Brynn le temps qu'il faudrait.

— Où vas-tu ? demanda Jett avec étonnement. La fête de fiançailles a lieu le mois prochain.

— Je serai là, promis-je. Quelque chose est arrivé à Brynn. Je ne peux pas trop vous en parler, mais je dois l'aider. Nous allons partir en vacances pendant quelque temps.

J'avais l'intention de l'emmener dans mon chalet de montagne pour lui donner un peu de paix.

— Est-ce qu'elle va bien ? demanda Jett d'un ton qui trahissait maintenant son inquiétude.

— Elle va bien. Ce n'est rien de physique. Mais elle a besoin de moi.

Cela faisait du bien de dire que la femme à qui je tenais avait besoin de moi, et je fus un peu surpris d'avoir l'impression d'être le seul à pouvoir l'aider actuellement.

— Prends tout le temps dont tu as besoin, dit Mason comme s'il s'adressait à un employé plutôt qu'à son frère.

Néanmoins, sa souplesse me surprenait.

— Est-ce que tu as besoin de quelque chose ? demanda Jett avec sincérité.

— J'ai besoin d'un manuel sur la façon de rendre une femme heureuse, dis-je.

Jett se mit à rire tandis que Mason grimaça.

— Si je trouve la réponse, je te tiens au courant, répondit Jett.

— Merci de prendre le relais pour moi. Si ce n'était pas important, je ne vous le demanderais pas, leur dis-je.

— Carter, l'entreprise ne va pas s'effondrer si tu n'es pas là, souligna Mason.

— Je sais. Mais comparé à vous, je vais passer pour un fainéant.

— Comme d'habitude, répliqua-t-il avec humour.

Une blague de la part de Mason. En voilà une surprise.

— Je vous tiens au courant, dis-je.

— Appelle-nous si tu as besoin de quoi que ce soit, insista Jett avec sérieux.

Je répondis par un hochement de tête avant de mettre fin à notre appel vidéo.

Pour l'instant, l'entreprise était le cadet de mes soucis.

Je ne pensais qu'à Brynn.

Si son père n'était pas déjà mort, alors je m'occuperais moi-même de tuer ce nuisible.

Après tout ce qu'elle a traversé, je voulais seulement la protéger et veiller à ce qu'elle ne souffre plus jamais.

Brynn était une femme brillante, généreuse et talentueuse.

Et elle luttait contre ses démons depuis beaucoup trop de temps.

Comment diable un homme pouvait-il avoir une famille, dont une fille adorable, et violer puis tuer de nombreuses jeunes femmes de sang-froid ?

Quand les photos des victimes sont apparues à l'écran lors de l'interview, Brynn s'est complètement effondrée.

— Nous allons nous tirer d'ici, marmonnai-je tout seul en me levant, impatient d'emmener Brynn dans un lieu calme et paisible.

Ainsi, je m'emparai de mon sac, et quelques minutes plus tard, je me trouvais déjà devant la porte de son appartement.

Le temps sembla s'arrêter lorsqu'elle m'offrit un sourire après avoir ouvert sa porte.

J'étais foutu.

Et je le savais.

Et je m'en fichais complètement.

— Salut, dit-elle sans cesser de sourire avant de m'inviter à entrer.

— Tu es prête ? demandai-je, désireux de l'emmener loin de ses propres pensées.

— Oui. Mais tu ne m'as toujours pas dit où nous allons exactement.

— J'ai une résidence secondaire à la montagne. Tiens. Prends ça.

Brynn me regarda d'un air étonné lorsque je lui tendis la carte magnétique qui permettait à la fois d'actionner mon ascenseur privé et d'ouvrir la porte de mon appartement.

— Je n'ai pas besoin de la clé de chez toi, dit-elle.

Je me baissai pour ramasser son sac et répondis : — Je veux que tu l'aies. Si jamais tu as besoin de moi, ou si tu as besoin de me voir, ou si tu as besoin de parler, alors il te suffira de venir chez moi.

Il était hors de question que je prenne le risque qu'elle ne puisse pas monter chez moi en cas de besoin.

Elle hésita un instant mais parut soulagée d'accepter la carte et de la glisser dans son sac à main.

— Tu n'étais pas obligé de faire ça, Carter.

— Je voulais le faire, dis-je en ressentant le désir de l'envelopper dans mes bras pour ne plus jamais la lâcher.

— Merci, répondit-elle d'une voix faible.

— Allons-y, dis-je en l'invitant à se diriger vers la sortie.

Aucun de nous ne parla jusqu'à ce que nous soyons à bord de ma Lincoln Navigator, en route pour la montagne.

— Je ne te croyais pas du genre à rouler en SUV, observa-t-elle.

— Je ne prends cette voiture que pour me rendre à la montagne.

— C'est confortable, remarqua-t-elle. Mais c'est imposant.

— Il se trouve que je possède de nombreuses choses *imposantes*, lui dis-je.

Brynn se mit à rire, comme je l'espérais.

— Les hommes qui ressentent le besoin de s'en vanter ont généralement tendance à se surestimer.

— Pas moi. C'est un simple fait, bébé, plaisantai-je.

— Je demanderais bien à vérifier par moi-même, mais tu conduis, me taquina-t-elle.

— Je pourrais m'arrêter, proposai-je avec beaucoup trop d'enthousiasme.

Brynn laissa échapper un gloussement, un son que je n'avais encore jamais entendu chez elle.

— Non. Nous n'arriverions jamais à la montagne.

Mon sexe se dressa instantanément en une érection aussi dure que du granit. En réalité, j'avais envie d'elle depuis si longtemps que je commençais à m'habituer à vivre avec une érection permanente.

— Nous pourrions rester en ville, suggérai-je.

Je me fichais de savoir *où* se produirait notre première fois. Je voulais simplement qu'il se passe *quelque chose*.

— La montagne me paraît être un endroit plus romantique pour nous voir tout nus pour la première fois, songea-t-elle.

— Ce ne sera pas facile pour moi, Brynn. Tu seras beaucoup trop près de moi, grognai-je.

— Est-ce que ta résidence secondaire est équipée d'un jacuzzi ? demanda-t-elle innocemment.

— Oui, répondis-je simplement.

— Dans combien de temps y serons-nous ?

— Ça va prendre un peu de temps, répondis-je en maudissant la densité de la circulation à Seattle.

Pourquoi diable ai-je décidé d'y aller en voiture ? J'aurais dû prendre l'hélicoptère.

— J'ai hâte d'y être, murmura-t-elle. Parle-moi de cet endroit. C'est un chalet ?

— Un grand chalet, répondis-je en hochant la tête.

— Tu fais toujours les choses en grand, n'est-ce pas ?

— La plupart du temps, oui. Je l'ai acheté il y a quelques années. Je n'y vais pas souvent.

— Pourquoi ?

— Je crois que j'attendais d'être avec toi, répondis-je aussitôt.

— Tu ne savais même pas que j'existais quand tu l'as acheté, souligna-t-elle avec perplexité.

— J'attendais peut-être d'avoir une bonne raison d'y aller. En réalité, je ne trouve jamais le temps de m'évader. C'est pourtant très agréable là-bas. C'est très calme.

À vrai dire, mes pensées devenaient assourdissantes quand je me retrouvais seul là-bas. J'avais besoin de l'agitation du travail pour les faire taire.

— Merci, dit-elle d'un ton sincère. Je crois que j'ai bien besoin de prendre un peu de distance.

— Tout va bien se passer, Brynn. Tu as simplement besoin de temps.

— J'ai eu bien assez de temps. Je crois que j'ai juste besoin de changer de perspective. Ma mère a peut-être raison. Nous devons peut-être donner notre version des faits au public. La façon dont nous avons été traitées et tout ce que nous avons enduré pour cacher nos identités est insensé. J'ai passé ma vie à inventer des histoires ou à dire aux gens que mon père était mort, même quand il ne l'était pas. J'ai été une victime de cette situation pendant très longtemps. Il est peut-être temps de passer à l'offensive. Au moins pour ma mère. Mais je ne peux pas m'exprimer pour l'instant. Vis-à-vis de mes clients, je dois limiter les potins à mon sujet. Peut-être qu'un jour je serai prête à m'exprimer.

— En attendant, est-ce que tu peux être Brynn ? demandai-je.

— Nous verrons, mais je suis prête à essayer, dit-elle avec mélancolie.

— Je trouve que tu es parfaite telle que tu es.

— Tu es un homme extraordinaire, Carter Lawson, soupira-t-elle.

Je pouvais sentir mon ego enfler chaque fois qu'elle le caressait, mais je voulais en réalité qu'elle caresse autre chose.

— Je suis juste un gars qui souhaite ton bonheur.

— Je suis heureuse, répondit-elle immédiatement. *Tu* me rends heureuse. Mais je veux aussi te rendre heureux.

— Je suis un homme simple, dis-je. Il te suffit de te déshabiller et je serai euphorique.

— Pervers, m'accusa-t-elle.

— Je n'ai jamais prétendu ne pas être tordu.

Bon sang, elle me rendait tellement dingue que pour la première fois de ma vie j'avais l'impression de ne pas être en pleine maîtrise de moi-même.

— Tu sais, j'aime cet aspect de ta personnalité, rit-elle.

— Ah oui ? Qu'est-ce que tu aimes d'autre chez moi ?

— Hmm...tu es plutôt autoritaire, mais rien d'insurmontable, alors c'est attrayant. Et tu es prêt à manger tout ce que je prépare, ce qui est une bonne chose puisque j'ai l'intention de cuisiner pendant notre séjour dans ton chalet. Tu es intelligent, et je me rends compte que j'aime vraiment les hommes intelligents.

— Pas les *hommes*, contesta-t-il. Seulement *moi*.

À ce stade, et en ce qui me concernait, elle n'avait même pas besoin de perdre son temps à découvrir si les autres hommes étaient intelligents ou non. J'avais l'intention de la rendre si heureuse qu'elle n'aurait aucune raison de le faire.

— En effet, dit-elle calmement.

— Tu as l'air fatiguée. Est-ce que ça va ? exigeai-je de savoir.

— Je n'ai pas beaucoup dormi la nuit dernière. J'ai fait un cauchemar à propos de mon père, ce qui n'était pas arrivé depuis longtemps.

Pour la première fois depuis notre rencontre, je vis de l'épuisement sur son visage.

— Tu peux dormir. Je te réveillerai à notre arrivée. Elle n'avait aucune raison de rester éveillée.

— J'ai envie de bavarder avec toi, répondit-elle d'un ton qui lui paraissait probablement rationnel.

— Nous aurons tout le temps de bavarder quand nous serons arrivés.

L'idée que son sommeil soit perturbé par tout cela me rendait malade.

J'étais déterminé à faire disparaître toutes ses craintes.

— Dors. Tu dois être en forme pour nous faire à manger si tu ne veux pas qu'on meure de faim.

— Tu t'inquiètes pour ta source de nourriture ? demanda-t-elle pour me donner du fil à retordre.

Je m'inquiète pour toi !

— Je n'aime pas te savoir fatiguée, avouai-je.

À moins que cette fatigue ne soit causée par nos ébats amoureux, ce qui constituerait une fatigue positive.

Brynn serait alors totalement satisfaite.

— Dors, grommelai-je.

— Je me sens en sécurité avec toi, Carter. J'aime ce sentiment.

Moi aussi j'aimais ce sentiment. Mais elle avait toutes les raisons d'être préoccupée.

— Tu peux me faire confiance, ma chérie. Je ne te ferai jamais souffrir.

Je m'étais peut-être déjà comporté comme un enfoiré. Peut-être que j'étais encore capable d'en être un, mais pas avec elle. Brynn me tenait dans le creux de sa main. Elle n'en avait tout simplement pas encore conscience.

— Je risque de m'endormir, céda-t-elle.

Elle luttait encore contre son sommeil simplement parce que j'insistais pour qu'elle dorme, ce qui me fit sourire. Je ne m'en plaignais pas. Son entêtement était l'une des choses qui lui avaient permis de traverser sa jeunesse difficile. Brynn était une battante, et je ne voudrais certainement pas qu'elle cesse de l'être.

— Je te réveillerai à notre arrivée, dis-je doucement.

— Je veux essayer ton jacuzzi, balbutia-t-elle comme si elle était sur le point de céder au sommeil.

— Il sera prêt, rien que pour toi, lui promis-je.

J'avais déjà envoyé un de mes assistants sur place en hélicoptère afin que tout soit prêt pour notre arrivée, réserves de nourriture comprises.

À en juger par son état de fatigue, je doutais néanmoins fortement que Brynn se glisse dans le jacuzzi ce soir. Elle avait davantage besoin de sommeil que d'un bain à remous. Malheureusement, mon imagination projetait déjà des images d'elle entièrement nue dans mon jacuzzi.

Je ne plaisantais pas en lui disant que sa proximité physique ne serait pas facile pour moi. Ce serait même très *dur*, tout le temps. J'allais avoir recours à une forte dose de masturbation pour calmer mes ardeurs. Je n'avais pas l'intention de la mettre dans mon lit tant qu'elle n'était pas prête. Brynn a traversé l'enfer ces derniers jours.

J'entendis un adorable petit ronflement en provenance du siège passager, ce qui me poussa à sourire comme un idiot.

Elle me fait suffisamment confiance pour veiller sur elle pendant son sommeil.

Je ne saurais dire pourquoi cela me rendait heureux. Mon cœur galopait dans ma poitrine à l'idée qu'elle n'ait pas hésité à s'endormir dans ma voiture.

Elle me fait donc véritablement confiance.

Et ceci était bien plus important que mon désir de la déshabiller. Du moins, pour l'instant. Je me soucierais de mon érection douloureuse plus tard.

Pour le moment, je disposais de tout ce dont j'avais besoin.

Je n'aurais certainement pas besoin de faire ma séance de sport aujourd'hui !

J'étais même sacrément essoufflée en atteignant la zone d'observation qui était indiquée par un petit panneau sur le sentier de randonnée.

Néanmoins, la vue valait vraiment la peine de se donner du mal.

La nature sauvage s'étendait à perte de vue et les montagnes étaient spectaculaires.

J'inspirai profondément avant d'expirer lentement.

Voilà ce dont j'avais besoin. J'avais besoin de me souvenir à quel point nous pouvions être insignifiants face à la grandeur du monde.

Parfois, il m'arrivait d'oublier que mes problèmes étaient en réalité bien minuscules dans l'infinité de l'univers.

Je me demande si Carter est réveillé.

Je ne me souvenais pas vraiment de la nuit dernière. J'étais si épuisée que je me suis endormie dans la voiture. Après cela, c'est le trou noir. Je me suis réveillée tôt ce matin, dans le lit de Carter, ses bras enroulés autour de moi et ma tête posée sur son torse nu.

Je me sentais si bien contre lui que j'en avais eu du mal à me lever. Je n'avais d'ailleurs pas bougé de ma position pendant au moins une demi-heure, alors même que j'étais réveillée. Je me suis donc contentée de regarder le soleil se lever tout en savourant le sentiment d'être protégée par un homme qui tenait vraiment à moi.

De toute évidence, il m'avait traînée jusqu'au lit avant de me déshabiller. À mon réveil, je n'étais vêtue que de mon soutien-gorge et de ma culotte.

Je venais d'explorer son chalet, et comme promis, celui-ci était immense. Le logement était de plain-pied, mais j'avais compté pas moins de cinq chambres et plusieurs salles de bain.

L'intérieur était décoré dans un style rustique et chaleureux que j'adorais.

Après avoir pris mes repères, j'ai sorti un jean ainsi qu'une paire de bottes de randonnée, puis je suis allée prendre une douche dans une salle de bain assez éloignée de la chambre principale afin de ne pas réveiller Carter. Une fois cela fait, je suis partie à l'aventure.

À en juger par ce qui m'entourait jusqu'à présent, le chalet se trouvait dans une zone de randonnée populaire. Néanmoins, malgré les traces laissées par les visiteurs précédents, je n'avais encore croisé personne au cours de ma longue marche.

Il ne semblait pas non plus y avoir d'autres logements dans les environs.

La route menant à son chalet était en terre.

Le soleil montait de plus en plus haut dans le ciel et je savais que je ferais mieux de rebrousser chemin. Je n'avais pas de montre ni de téléphone portable, j'étais partie depuis un moment déjà. Carter avait un relais satellite dans la maison, mais je doutais que celui-ci aurait capté quoi que ce soit dans les bois.

Carter me manque déjà.

Même si cette solitude était thérapeutique, je donnerais n'importe quoi pour partager cette vue incroyable avec lui.

Je frémis en repensant à l'attirance ressentie lorsque je me suis réveillée à côté de lui. Je savais pourtant bien qu'il était tout en muscles et que sa peau était douce et chaude. Mais l'imaginer et le constater dans la réalité étaient deux choses radicalement différentes.

Nous étions devenus si proches en si peu de temps que c'en était presque effrayant.

Je fis demi-tour pour redescendre la pente raide que je venais de gravir, le tout en essayant de regarder où je mettais les pieds. Le sol était très irrégulier.

— Brynn ! entendis-je lorsque je fus presque en bas.

Carter. Il est manifestement réveillé.

— Je suis ici, criai-je. Je redescends.

À ce stade, je pouvais entendre Carter s'approcher de ma position au pas de course.

Mon cœur s'emballa de bonheur et je ne pus m'empêcher de me précipiter dans sa direction.

— Je suis désolée. Je crois que j'ai perdu le fil du temps, expliquai-je lorsqu'il s'arrêta devant moi.

— Bon Dieu, Brynn, grogna-t-il en enroulant ses bras autour de moi pour me serrer contre lui avec une telle force que c'en était presque inconfortable. Où diable étais-tu ? demanda-t-il.

— Je me baladais, couinai-je dans ses bras. Je voulais jeter un œil aux environs.

Carter releva enfin la tête. Son visage arborait un mélange de colère et d'inquiétude.

— Quand je me suis réveillé, tu avais disparu. Ton téléphone était encore au chalet. Et je ne savais absolument pas où tu étais passée. Je te cherche depuis des heures. J'ai bien failli ne pas aller aussi loin.

— Je ne pensais pas que mon téléphone fonctionnerait ici. Je me suis réveillée au lever du soleil et je voulais découvrir les environs jusqu'à ce que tu te réveilles.

— Il est une heure de l'après-midi, dit-il laconiquement.

— Oh mon Dieu. J'ai vraiment perdu la notion du temps.

Carter était peut-être en colère, mais il avait le droit de l'être. Je serais dans tous mes états s'il m'avait fait la même chose.

Il posa ses mains sur mes épaules.

— Tu m'as foutu une sacrée trouille, Brynn. J'étais sur le point d'appeler la police.

— Tu avais peur qu'il me soit arrivé quelque chose, dis-je face à son visage agité.

Carter avait l'air terrifié, et même si sa colère le rendait beau comme un Dieu, je ne voulais pas qu'il soit aussi inquiet à mon sujet.

— Nous ne sommes pas à Seattle, Brynn, dit-il. C'est très sauvage ici. Tu aurais pu te perdre. Tu aurais pu tomber sur un ours ou sur un puma. C'est dangereux ici. Alors, bon sang, oui, j'étais inquiet.

Je regardai attentivement son visage et fouillai son regard. Il semblait véritablement tourmenté et cela me donnait envie de pleurer.

— Je suis désolée, Carter. Je ne voulais pas disparaître si longtemps. J'ai l'habitude de faire ma vie et je ne pense pas à prévenir qui que ce soit. Personne ne s'est jamais inquiété pour moi, dis-je avec hésitation.

— Eh bien, sache que c'est mon cas, alors tu ferais mieux de t'y habituer, dit-il sèchement en me prenant par la main pour me tirer en direction du chalet. Je me soucie de savoir où tu es et si tu vas bien, surtout dans cet environnement, et n'importe où ailleurs à vrai dire.

— Est-ce que tu es vraiment en colère ? demandai-je avec prudence.

Il s'arrêta et se tourna vers moi, ses yeux toujours aussi féroces.

— Oui.

Il me tira vigoureusement contre lui et m'embrassa. Sa bouche couvrit la mienne avec la soudaineté d'un orage d'été.

Je découvrais là un nouvel aspect de Carter, mais je n'avais pas peur de lui. Son agitation provenait de sa crainte qu'il me soit arrivé quelque chose, et j'étais prête à tout pour l'apaiser.

J'ouvris la bouche pour l'inviter à me consumer, puis je plaquai mon corps contre le sien.

Je me perdis dans les sensations ainsi que dans le goût de Carter, mais aussi et surtout dans la passion qui faisait rage entre nous.

Il n'y avait rien de doux ou de délicat dans ce baiser. Celui-ci était causé par une grande détresse, et Carter n'était pas le seul à la ressentir.

Je m'autorisai alors à ressentir toutes les émotions qui bouillonnaient en moi depuis notre première rencontre, puis je les laissai me submerger.

En m'appuyant contre lui, je sentis son érection et fus frustrée que plusieurs couches de textiles nous séparent.

J'avais besoin de le toucher.

— Prends-moi, Carter, haletai-je lorsqu'il libéra ma bouche. J'ai besoin de toi.

— Bon Dieu, Brynn ! dit-il d'une voix brute. J'ai tout le temps envie de toi et je ne peux plus prétendre le contraire.

Je glissai mes doigts dans ses cheveux.

— Alors ne te retiens pas. Prends-moi. Fais disparaître le désir douloureux que nous ressentons tous les deux.

— Si je le fais, alors il n'y aura pas de retour en arrière possible, me prévint-il.

— Je m'en fous, haletai-je en tirant sur son t-shirt. Laisse-moi te toucher, Carter.

Nous étions au beau milieu des bois, mais je m'en fichais. J'avais besoin de notre satisfaction.

— Là-bas. Allons-y, ordonna-t-il en me prenant à nouveau par la main pour me guider vers un lieu plus sauvage plutôt que de rester sur le sentier de randonnée.

Une fois à l'abri des regards des randonneurs potentiels, il retira son t-shirt. Je m'empressai de faire la même chose avec le mien en emportant mon soutien-gorge dans le mouvement.

Sans perdre de temps, nos corps fusionnèrent. Mes mamelons sensibles frottèrent contre son torse nu tandis qu'il m'embrassait comme si nos vies en dépendaient – sentiment qui me semblait bien réel.

C'était incroyablement bon. J'absorbai toutes les sensations que me procurait Carter, me délectant de chaque centimètre carré de sa peau nue.

Je ne pus m'empêcher de gémir sous la force de sa bouche tandis qu'une de ses mains puissantes me caressait entre les cuisses alors que je portais toujours mon pantalon.

Carter exigeait que je m'offre à lui, ce que j'étais impatiente de faire. Avec lui, j'étais aussi vulnérable qu'une femme puisse l'être.

Nos corps réagissaient comme si nous étions faits l'un pour l'autre.

Il glissa ensuite ses mains dans mes cheveux et inclina ma tête afin d'avoir un meilleur accès à mes lèvres, puis il continua à vénérer ma bouche.

Je mordillai ses lèvres pour l'encourager à aller plus loin.

Je voulais obtenir tout ce qu'il pouvait me donner, et plus encore.

Ma respiration était chaotique lorsque je fis un pas en arrière pour agripper les boutons de son jean.

— J'ai besoin de ça. J'ai besoin de toi, l'implorai-je.

Il m'aida à déboutonner son pantalon, après quoi j'abandonnai le sien pour déboutonner le mien, surprise de constater que mes mains tremblaient.

Voilà à quel point j'ai envie de Carter. Voilà à quel point il m'affecte.

Je me débarrassai de mes chaussures de randonnée, impatiente d'être intégralement nue.

Lorsque j'eus enfin fini d'ôter mes vêtements, Carter était déjà nu.

Il me souleva dans ses bras et j'enroulai mes jambes autour de sa taille.

Je poussai un gémissement en sentant son corps contre le mien, accablée par le sentiment de me trouver exactement là où je devais être, un sentiment inexplicable.

C'était à la fois paradisiaque et infernal.

— Maintenant, exigeai-je. Tout de suite.

Il me plaqua contre un arbre pour nous stabiliser et, l'instant d'après, je poussai un cri de joie lorsqu'il me pénétra.

Il ne fit preuve d'aucune délicatesse. Et je ne voulais pas de sa délicatesse. Je voulais uniquement sentir Carter si profondément en moi que nous ne savions plus où commençait mon corps et où finissait le sien.

— Oui, gémis-je près de son oreille. S'il te plaît.

Sans manifester la moindre hésitation, j'agrippai ses cheveux et couvris sa bouche avec la mienne.

Voilà ce dont j'avais besoin.

L'instant était pur et magnifique, dur et tangible.

Il se retira, puis s'enfouit encore en moi. Puis encore. Il me pénétrait désormais avec force et de façon répétée.

Je me délectais de ses mouvements en moi tandis que ses mains agrippaient mes fesses et que nos bouches étaient toujours fusionnées, comme si nous ne pourrions plus jamais lâcher prise.

Je rencontrais chacun de ses coups de reins avec un mouvement de bassin. Je ne tardai pas à sentir un nœud se resserrer dans mon ventre.

— Bon Dieu ! dit Carter lorsque je refis surface pour reprendre mon souffle. C'est si bon d'être en toi, Brynn. Je veux te faire jouir.

Mon corps était déjà en flammes, mais le simple fait d'entendre sa voix de baryton imprégnée d'une telle passion me fit basculer.

Je me frottai de plus en plus fort contre lui, exerçant ainsi une pression supplémentaire sur mon clitoris.

Je continuai, encore et encore, jusqu'à ce que je sente l'orgasme sortir de sa cage.

Et, doux Jésus, quel orgasme !

Une tornade s'empara de mon corps tandis que Carter continuait à me pénétrer sans relâche.

— Carter ! criai-je, incapable d'articuler autre chose que son prénom.

Mon esprit était complètement hors service tandis que les parois de mon vagin se resserrèrent autour de sa verge.

Mes ongles s'enfoncèrent dans son dos. Au même instant, Carter poussa le grognement le plus sexy que j'avais jamais entendu lorsqu'il trouva sa propre délivrance en moi.

Après la tempête, j'essayai de reprendre mon souffle et de redescendre sur terre. Sur mes fesses, je sentis les mains de Carter se détendre progressivement. Il me tenait toujours fermement pour stabiliser mon corps, mais je n'avais désormais plus l'impression d'être immobilisée dans un étau.

— Tu as bien failli me tuer, gronda-t-il en abaissant lentement mon corps jusqu'à ce que mes pieds retrouvent le sol.

Il nous fallut ensuite un moment de silence pour reprendre notre souffle. Pendant ce temps, Carter me serra tendrement contre lui.

Mon cœur galopait encore dans ma poitrine, mais j'étais enfin à nouveau consciente du monde qui nous entourait.

Nous nous rhabillâmes lentement. Dissimuler le corps de Carter sous des vêtements était un véritable gâchis, ce corps sculpté contre lequel je venais de jouir comme s'il s'agissait du premier orgasme de toute ma vie.

Il m'aida ensuite à descendre la pente et me prit par la main une fois de retour sur le sentier de randonnée.

— Est-ce que nous venons vraiment de nous envoyer en l'air dans les bois ? demandai-je d'un ton amusé.

Il déposa un baiser sur mes cheveux, au sommet de ma tête.

— C'est précisément ce que nous venons de faire, mademoiselle Davis. Vous avez été une très vilaine fille.

— Alors il ne faut pas hésiter à me punir, monsieur Lawson, répondis-je alors que mon corps vibrait encore d'euphorie.

Il me donna une petite tape sur les fesses.

— Attention. Je n'hésiterai pas à le faire si tu me fais à nouveau peur comme ça.

Chapitre 17

Carter

J'avais l'impression d'avoir attendu toute ma vie que Brynn crie mon nom en extase, et cela était arrivé sans aucune finesse au beau milieu des bois.

J'aimerais pouvoir dire que je le regrettais, mais ce serait un mensonge.

Après l'avoir retrouvée indemne, j'ai perdu la tête.

Je n'avais pas prévu que cela se produise de cette façon ni fantasmé d'un tel scénario. Bon sang, ce fut tellement meilleur que même mon imagination n'y avait pas songé.

De surcroît, Brynn semblait actuellement tout aussi heureuse que moi.

Après cette petite aventure, nous avons marché pendant plusieurs heures afin de continuer à explorer les environs.

Après quoi nous sommes rentrés au chalet où nous avons mis de la viande et des pommes de terre à cuire sur le grill, puis nous avons mangé comme des animaux affamés.

Après avoir allumé le feu dans le brasero sur la terrasse située derrière le chalet, je me glissai dans le jacuzzi en attendant Brynn qui ne devrait pas tarder à me rejoindre.

Elle était au téléphone avec sa mère, alors j'ai préféré m'éclipser pour lui laisser un peu d'intimité.

La pression des jets d'eau chaude me fit le plus grand bien. J'avais beau être en très bonne forme physique, je venais aujourd'hui d'utiliser des muscles que je n'avais pas sollicités depuis très longtemps.

Les dés sont jetés. Je ne peux plus cacher ce que je ressens pour Brynn.

Elle me rendait plus fou que je ne l'avais jamais été, puisant en moi des émotions dont j'ignorais l'existence.

Et elle me rendait également plus heureux que je n'aurais osé imaginer l'être. Je ne voulais certainement pas me montrer désagréable avec elle tout à l'heure, mais elle avait cet effet sur moi : les nerfs à vifs et terrifié à l'idée qu'il lui arrive quelque chose. Je ne m'en remettrais pas.

Elle pouvait m'agacer.

Me faire rire aux larmes.

Me donner une érection avec un simple sourire.

Et elle pouvait me faire perdre mon sang froid.

Bref, j'étais foutu.

Pourtant, je ne pouvais pas me résoudre à m'inquiéter concernant notre avenir.

— Tu es déjà dans le jacuzzi, commenta Brynn en sortant par la porte coulissante qu'elle referma derrière elle. Je n'ai même pas eu le temps de mettre mon maillot de bain.

— Moi non plus, répondis-je en lui adressant un large sourire.

Notre relation avait changé, et j'aimais profondément la façon dont ses joues rougirent.

— Tu es nu ?

— Comme un vers. Personne ne peut nous voir ici. Je n'ai pas de voisins. Et je possède toutes les parcelles de terrain autour du chalet. Seuls les chemins de randonnée ne m'appartiennent pas, et nous en sommes assez loin.

Dans sa petite excursion en solitaire, Brynn ne s'était pas rendu compte qu'elle avait même franchi les limites de ma propriété. S'aventurant ainsi bien plus loin qu'elle n'aurait dû.

Brynn esquissa un petit sourire malicieux, un sourire qui me donna instantanément une érection.

— Dans ce cas, je ne vois pas d'inconvénient à me déshabiller, dit-elle avec un haussement d'épaules.

J'eus l'impression que mon cœur cessa de battre lorsqu'elle jeta ses beaux cheveux noirs en arrière et que ses yeux se posèrent sur les miens.

Elle était dotée d'une beauté exotique et sauvage dont j'étais amoureux depuis le début. Et je ne parlais pas seulement de son apparence physique.

Brynn pouvait également se montrer exubérante et elle m'attirait comme aucune autre femme auparavant.

Elle était également intelligente, curieuse et probablement la femme la plus adorable que j'ai jamais connue, surtout quand elle n'était pas en colère contre moi.

Ses yeux m'avaient envoûté et quelque chose en moi avait pris vie, me liant à elle d'une manière totalement incompréhensible. J'essayais néanmoins de ne pas remettre en question quelque chose qui me procurait autant de bonheur.

L'instinct protecteur et primitif que je ressentais pour elle depuis notre première rencontre s'était exprimé aujourd'hui, et je savais que ce n'était pas près de changer.

Je me suis montré patient.

J'ai gagné sa confiance.

J'ai appris à la connaître et je lui ai signifié que je ne disparaîtrais pas.

Nous avions appris à nous connaître sans sexe. Mais bon sang, j'étais heureux que cela soit enfin arrivé.

J'adorais tout ce qui la caractérisait, mais j'avais beaucoup de mal à ne pas céder à mon instinct possessif.

Elle est à moi. Brynn est à moi !

Le plus amusant c'est que je me fichais d'être irrationnel quand il s'agissait d'elle.

Je retins mon souffle en la regardant ôter son t-shirt.

— Ne me dis que tu es timide, la taquinai-je.

— Je suis mannequin. C'est mon travail d'être sexy. Je te laisse simplement profiter du spectacle, me provoqua-t-elle.

Elle glissa ensuite son pantalon le long de ses jambes, puis elle s'en débarrassa pour de bon, le tout sans cesser de me regarder.

— Brynn, dis-je comme pour la mettre en garde.

— Oui, Carter ? dit-elle avec une fausse innocence.

— Viens dans le jacuzzi.

Bon Dieu ! Je l'avais déjà prise en pleine nature comme un possédé. Je souhaitais donc prendre mon temps la prochaine fois que ce corps serait près du mien.

— Dans une petite minute, répondit-elle en dégrafant lentement son joli soutien-gorge rose.

Je dus me retenir d'attraper mon sexe en érection pour abréger moi-même mes souffrances.

Je serrai les dents face à sa poitrine si parfaite. Ses seins étaient généreux, et je dus réprimer un grognement lorsqu'elle glissa ensuite ses doigts sous l'élastique de sa culotte avant de la baisser lentement jusqu'à ses pieds.

Elle était désormais glorieusement nue, à quelques mètres seulement de moi.

Bon sang ! À ce stade, je ne savais pas si l'eau du jacuzzi était en ébullition ou si mon corps dégageait tellement de chaleur que j'étais sur le point d'entrer en combustion.

Je savais que mes yeux étaient rivés sur son sexe, mais j'étais incapable de détourner mon regard. Brynn n'était pas entièrement dénuée de pilosité, mais celle-ci était soignée. Et ce petit triangle du pubis était incroyablement sexy.

Elle ne souffrait manifestement d'aucun complexe. Avec un corps pareil, le contraire m'aurait étonné. Je voyais bien que sa carrière de mannequin avait fait d'elle une femme très à l'aise avec son corps.

Son assurance la rendait encore plus attirante, mais je savais aussi que j'allais devoir accepter le regard des hommes sur ma femelle. Je ne lui demanderais jamais de renoncer à sa carrière, mais cela ne serait certainement pas facile pour moi.

Dieu merci, son plus gros contrat concernait une marque de produits cosmétiques, et je ne prendrais pas le risque de regarder certains de ses précédents shootings pour de la lingerie ou pour des bikinis.

— Tu as raison, dit-elle en s'étirant après avoir atteint les marches qui descendaient dans le jacuzzi. Je suis bien mieux toute nue.

— Viens dans le jacuzzi, Brynn, répétai-je avec impatience.

Je voulais la mettre dans mon lit.

Je voulais prendre mon temps.

Il était donc hors de question que je la prenne dans ce jacuzzi.

Brynn

Je ne savais pas trop si j'avais fait ce petit strip-tease pour Carter ou pour moi-même.

Il y avait quelque chose d'enivrant dans le fait de sentir son regard rivé sur moi, comme un loup affamé épiant une proie potentielle.

Carter ne cachait pas le désir qu'il avait pour moi, et jamais de toute ma vie un homme à qui je tenais ne m'avait regardée comme cela.

Avec lui, et grâce à notre attirance réciproque, je me sentais plus audacieuse que je ne l'étais vraiment.

Je m'immergeai dans l'eau, gémissant presque de plaisir en sentant la pression des jets ainsi que l'eau chaude envelopper mon corps.

— Je suis un peu courbaturée, avouai-je.

— Probablement parce que je t'ai prise comme un taureau en pleine nature, souligna-t-il avec humour.

Je lui adressai un sourire.

— Peut-être que j'aime les taureaux, le taquinai-je. Il faut dire que je n'avais pas été en compagnie d'un homme depuis longtemps.

Carter m'attrapa par la taille pour me tirer contre lui.

— Depuis combien de temps ?

— Deux ou trois ans, avouai-je en poussant un soupir. Cela faisait longtemps que je ne cherchais même plus la compagnie d'un homme pour avoir des relations sexuelles. Mon vibromasseur remplissant cette tâche tout aussi bien, parfois même mieux. Et je crois que je n'ai pas envie de savoir à quand remonte la dernière fois pour toi, ajoutai-je.

Carter était connu pour son succès auprès des femmes. Je lui faisais suffisamment confiance pour savoir qu'il ne fréquentait personne d'autre depuis notre rencontre, mais je ne voulais pas entendre parler de toutes celles qui m'ont précédée.

— C'était il y a près d'un an, avoua-t-il en jouant avec mes cheveux. Contrairement à ce que tout le monde pense, je ne couche pas avec tout ce qui bouge et je n'ai encore jamais rencontré quelqu'un avec qui je voulais nouer une vraie relation. J'étais trop occupé à manipuler la vie des autres.

— Alors tu as enfin compris que tu n'es pas responsable de tout ce qui se passe dans le monde ? demandai-je doucement.

— Je ne veux pas l'admettre, mais oui, je crois que j'ai bien compris. Je ne cesserai jamais de contrôler ce que je peux, mais j'apprends à lâcher prise sur les choses pour lesquelles je ne peux rien, expliqua-t-il. Et toi ? Est-ce que tu te sens un peu mieux ?

— Oui, j'ai eu une longue conversation avec ma mère. Je crois qu'elle avait raison. Elle avait besoin de raconter sa version des faits, et je dois respecter sa décision. Et maintenant, elle est fiancée.

— Tu dis ça comme si ce n'était pas une bonne chose, remarqua-t-il.

— Je crois que je suis juste un peu inquiète pour elle. Mais en réalité, je n'ai même pas encore rencontré son fiancé, Mick. Selon elle, leur avenir est assuré. Après ce qui s'est passé, j'ai du mal à accepter l'arrivée d'un homme que je ne connais pas dans sa vie. Je ne veux plus jamais voir ma mère souffrir, expliquai-je. Ma réticence reposait entièrement sur la crainte que cet homme ne soit pas vraiment celui qu'il disait être...ce qui briserait le cœur de ma mère une deuxième fois.

— Est-ce que tu fais confiance à ta mère pour ce genre de décision ?

— Oui. Elle n'avait aucun moyen de savoir qui était vraiment mon père, et elle est plutôt douée pour cerner les gens. Elle connaît Mick depuis longtemps. Et après tout, n'importe quelle relation est un pari risqué.

— Ce n'est pas très flatteur pour moi, dit-il avec ironie.

— Je ne cherche pas à être négative, mais crois-tu qu'il soit possible de complètement connaître quelqu'un ? Nous devons simplement écouter notre instinct.

— C'est vrai, concéda-t-il avec un haussement d'épaules.

J'appuyai ma tête contre son épaule.

— Regarde les étoiles. Je ne les ai pas aussi bien vues depuis mon enfance. Nous habitions dans une petite ville, loin de la pollution lumineuse. J'avais oublié à quel point je me sentais petite face à un ciel comme celui-ci.

Il n'y avait qu'un petit croissant de lune, mais les étoiles brillaient avec une telle intensité que la zone n'était pas complètement plongée dans l'obscurité. Avec le feu que Carter avait allumé, il y avait assez de lumière pour me permettre de voir son visage.

— Est-ce que tu prévois toujours d'aller voir ta mère la semaine prochaine ?

— Oui, si tu as toujours l'intention de me prêter ton jet, le taquinai-je.

— Tu peux t'en servir autant que tu le souhaites.

— J'ai une longue mission de mannequinat à honorer à la fin du mois prochain, lui dis-je. L'été était plutôt calme et j'essaie de ralentir la cadence pour travailler sur mes créations, mais mes clients habituels se remettent en marche. Je serai probablement souvent absente jusqu'à la fin de l'année.

— Est-ce que tu as un contrat avec une autre entreprise que Easily Beautiful ?

— Pas officiellement, mais certaines entreprises me sollicitent tous les ans.

Je ne savais pas pourquoi l'idée de reprendre la route ne me paraissait pas aussi excitante qu'avant. Je soupçonnais Carter d'en être la cause. Je n'imaginais plus mon quotidien sans lui. Je devais aussi reconnaître que j'étais épuisée de partir en déplacement pour travailler. Depuis mon arrivée à Seattle, j'avais l'impression d'avoir enfin trouvé mon chez-moi.

— Qu'en est-il de tes créations de sacs ? Et la boutique ?

— Je suis prête à faire des prototypes, lui dis-je avec enthousiasme. Et Laura ne manque pas d'aide au magasin. Nous avons changé notre partenariat afin que la boutique soit entièrement à elle. Je ne suis plus qu'un investisseur. Ses créations sont brillantes.

— Sans regret ?

— Aucun, lui dis-je sans hésiter. Je suis la première à investir dans une entreprise qui ne tardera pas à décoller et j'ai enfin l'occasion de travailler sur ma gamme de sacs de voyage. Laura n'a jamais vraiment eu besoin de moi. Elle faisait déjà un travail incroyable avant mon arrivée, et nous continuons à travailler ensemble sur réseaux sociaux.

— Mon frère Jett organise une fête de fiançailles dans quelques semaines. Accepterais-tu d'être mon accompagnatrice ? demanda-t-il avec charme.

— J'espère bien que je serai ton accompagnatrice, dis-je. Tant que nous couchons ensemble, je préférerais que tu ne fréquentes pas d'autres femmes.

À vrai dire, le simple fait de l'imaginer avec quelqu'un d'autre me faisait mal. Cela me dévasterait.

— Il n'y a personne d'autre, Brynn, et il n'y aura jamais personne d'autre. J'ai passé beaucoup trop de temps à fantasmer à ton sujet.

— Bien, souris-je. Continue comme ça.

— Tu te rends compte que nous n'avons même pas parlé de contraception, songea-t-il.

En effet, c'était bien la dernière chose que j'avais à l'esprit. Mon cerveau a cessé de fonctionner sitôt que Carter a posé ses mains sur moi.

— Tout est en ordre, l'informai-je. Je me suis fait poser un stérilet il y a trois ans, il me reste donc quelques années avant de devoir m'en occuper. Et je fais régulièrement des dépistages quand je suis sexuellement active. Et pour te dire la vérité, je ne laisse pas un mec s'approcher de moi sans préservatif.

— Moi aussi je fais régulièrement des dépistages, je suis en bonne santé, la rassurai-je. Comment ai-je eu autant de chance ?

— Tu me rends tellement folle que je n'y ai même pas pensé, avouai-je.

Carter resserra ses bras autour de mon corps.

— Tu n'as pas encore vu à quel point je suis fou de toi, ma chérie. Mais ça ne saurait tarder, dit-il d'une voix rauque.

Dans ses bras, j'ajustai ma position pour me mettre à califourchon sur ses jambes.

— J'ai hâte d'y être, dis-je avec un peu trop d'enthousiasme.

— Je ne ferai pas ça dans le jacuzzi, dit-il d'un ton catégorique.

Pourtant, ce jacuzzi semblait être l'endroit rêvé. Quoi qu'il en soit, je ne voulais pas laisser cet homme sans surveillance ne serait-ce que l'espace d'un instant. Alors le lieu où nous étions ou la surface sur laquelle nous nous trouvions m'importaient peu.

J'écartai une mèche de cheveux mouillée de son front.

— Dans ce cas, emmène-moi où tu veux.

— Voilà bien le problème, dit-il d'un ton bourru. J'ai envie de toi absolument partout. Qu'importe où nous sommes ou ce que nous faisons.

— Je ressens la même chose, dis-je avant de l'embrasser tendrement. J'ai toujours ressenti cela. Même quand tu m'as embrassée dans l'ascenseur, je voulais arracher tes vêtements et te forcer à me pénétrer.

— Tu n'aurais pas eu à me forcer, Brynn. Je t'ai embrassée alors que je ne te connaissais même pas, et il s'agit d'une impulsion que je ne comprends toujours pas, dit-il. Je n'avais encore jamais fait une chose pareille.

Je savais que Carter disait la vérité.

Il a suffi d'un regard entre nous pour que l'incendie charnel se déclare. Pourtant, je ne croyais pas que cela puisse m'arriver un jour.

— Nous nous ressemblons beaucoup dans les aspects les plus élémentaires, remarquai-je. Tu trouves peut-être ça fou, mais...

— Je ne trouve pas ça fou du tout, m'interrompit-il. Nous cherchions tous les deux à fuir notre réalité.

— En effet, et j'ai remarqué cela chez toi parce que je faisais la même chose. Nous étions tous les deux tellement paralysés par notre culpabilité et notre peur du passé que nous ne vivons pas vraiment le présent. J'ai pourtant essayé. J'ai vraiment essayé. Je voulais vraiment vivre dans le présent, mais je n'arrivais pas à surmonter mon traumatisme de jeunesse. Maintenant j'ai l'impression que ça n'a plus autant d'importance.

— Moi aussi je me fous désormais du passé, dit-il en prenant mon visage entre ses mains. La seule chose dont j'ai envie actuellement, c'est de toi dans mon lit.

Mon cœur palpita.

— Alors emmène-moi, Carter.

À peine eus-je prononcé ces mots que Carter me souleva dans ses bras.

Chapitre 19

Brynn

Carter déposa mon corps nu sur le lit et se positionna sur moi.

— Je veux que nous prenions notre temps, Brynn. J'ai l'impression que nous nous sommes précipités jusqu'à la ligne d'arrivée la dernière fois, sans vraiment prendre le temps de profiter du voyage.

Mon cœur manqua un battement face à l'intensité de son regard.

— Je ne sais pas si nous sommes capables de prendre notre temps, haletai-je.

— Nous allons essayer, promit-il avant de m'embrasser.

Les lèvres de Carter sur les miennes suffirent à provoquer une inondation entre mes cuisses.

Il n'y avait pas de frein pour nous. Nous foncions à toute vitesse, sans jamais en avoir assez.

En effet, il prit son temps. Il était moins précipité, mais tout aussi ardent.

J'essayai d'enrouler mes bras autour de lui, mais il saisit délicatement mes poignets pour les plaquer contre le matelas avant de dire : — Doucement, ma chérie.

Je poussai un soupir puis il m'embrassa de plus belle. Ensuite, ses lèvres glissèrent contre la peau sensible de mon cou.

— Carter, je risque de perdre patience, pantelai-je.

— Je n'ai pas eu le temps de faire ça tout à l'heure, dit-il contre ma peau brûlante tout en posant sa main sur ma poitrine.

Même si je n'ai jamais vraiment aimé les longs préliminaires, la façon dont Carter jouait avec mon corps m'incita à fermer les yeux pour savourer ces sensations.

Ses lèvres et sa langue sur un de mes mamelons dressés.

Ses doigts pinçant délicatement l'autre.

Toutes ces sensations terminaient leur course entre mes cuisses.

Mon dos se cambra jusqu'à ce que Carter glisse sa langue entre mes seins, puis le long de mon abdomen.

— S'il te plaît, gémis-je. Carter, prends-moi.

Je glissai mes doigts dans ses cheveux auxquels je m'agrippai. Lorsqu'il ajusta sa position entre mes jambes, je lâchai ses cheveux pour me cramponner aux draps, anticipant déjà ce qui était sur le point de se produire.

Un cri animal quitta ma gorge lorsque sa langue chaude entra en contact avec ma chair intime.

— Oh mon Dieu, Carter. C'est trop pour moi, soufflai-je.

Un éclair de plaisir me traversa le corps. Entre mes cuisses, sa langue était si délicieuse que je m'agrippai aux draps comme s'il s'agissait d'une bouée de sauvetage.

Il me taquinait.

Il me tourmentait.

Il se délectait de mon nectar comme si sa survie en dépendait.

Je perdis le contrôle de mon corps pour de bon lorsque Carter se laissa aller sans retenue.

Un gémissement quitta ma bouche et mes jambes se mirent à trembler.

Je n'ai peut-être jamais aimé les préliminaires parce que j'étais loin d'imaginer que ça pouvait être aussi bon.

Sous sa bouche, je me tortillai dans tous les sens et je faillis tomber du lit lorsqu'il ajouta ses doigts à l'équation. Il ne cessa pas un seul instant d'exercer de la pression sur mon clitoris avec sa langue tandis qu'il me pénétrait avec ses doigts. Il explora mon vagin pendant un instant avant de trouver le point sensible qui me fit presque bondir au plafond.

— Oui. Oui. Oui. Plus fort, scandai-je, complètement perdue dans la sensualité de ce qu'il me faisait.

En sentant ses dents serrer délicatement le petit bourgeon de nerfs entre mes cuisses, j'implosai.

— Carter-oh-mon-Dieu-je-vais-jouir, criai-je de manière incohérente et inarticulée.

Il enfouit ses doigts en moi avec davantage de vigueur et la sensation de sa langue sur mon clitoris me fit chavirer.

Je commençais à peine à redescendre de mon extase orgasmique lorsque Carter roula sur le dos et m'emporta dans le mouvement jusqu'à ce que je me retrouve sur lui à califourchon.

— Chevauche-moi, Brynn, ordonna-t-il.

Il me saisit alors par les hanches et me tira vers le bas, sur son érection qui glissa profondément en moi.

Sa verge était si grosse que j'eus l'impression qu'il me séparait en deux, mais c'était une sensation exaltante, et non douloureuse. Je restai immobile un bref instant, le temps de m'habituer à sa longueur ainsi qu'à sa circonférence, puis je poussai légèrement sur mes jambes avant de retomber sur lui.

Je n'avais pas beaucoup d'expérience avec cette position, mais j'aimais le fait de voir son visage, ses yeux et son plaisir pendant l'acte.

Carter Lawson était magnifique, surtout lorsque son excitation sexuelle était aussi intense. Et je le dévorais du regard.

— Dis-moi ce que tu veux, dis-je.

Je voulais procurer à Carter la même chaleur que celle qu'il m'offrait. Je voulais le voir succomber au plaisir.

Ses doigts agrippèrent mes hanches pour guider mes mouvements.

— Juste ça, Brynn. Juste toi.

Je fondis en prenant conscience que Carter était tout aussi vulnérable que je l'étais actuellement.

Il imposa alors un tempo rapide que je suivis bien volontiers. Chaque fois que je retombais sur lui, accueillant l'intégralité de son membre en moi, il me consumait un peu plus.

Il ne fallut pas longtemps avant de sentir mon orgasme monter, et cette fois, je l'attendais avec impatience.

J'étais prête à éclater en morceaux parce que je savais que Carter serait là pour me reconstituer.

— Merde ! Brynn ! grogna-t-il en me pénétrant.

— Carter-je-jouis, hurlai-je lorsque l'orgasme s'empara de moi en plusieurs vagues successives tandis que Carter trouvait simultanément sa propre libération.

Je m'effondrai ensuite sur lui et il me serra fermement contre son buste, nos corps couverts de transpiration.

Après cela, je sus instinctivement que rien ne serait plus jamais comme avant.

Toutes mes émotions remontèrent soudain à la surface et je dus réprimer mes larmes, même si j'étais profondément heureuse.

— Je vois que tu as survécu, dit-il d'une voix rauque près de mon oreille.

— À peine, rétorquai-je.

J'étais actuellement incapable d'utiliser mes muscles, et ma respiration était encore saccadée.

— Je ne peux même plus bouger, ajoutai-je.

Je savais déjà que mon corps serait courbaturé dans quelques heures, mais cela en valait la peine.

— Je pourrais essayer de te réanimer, dit-il.

Je sentis alors son pénis durcir une fois de plus.

— Oh non. Je suis incapable de remettre ça pour l'instant. Tu m'as détruite.

Carter se mit à rire tout en écartant les cheveux de mon visage.

Je ne voyais pas comment il pouvait encore avoir le désir ou le courage de recommencer. Mon corps était complètement épuisé.

— Et je suis presque sûre que nous sentons la transpiration, précisai-je.

— Nous sentons le sexe, dit-il d'un air parfaitement satisfait.

Je poussais un gémissement en me laissant tomber à côté de lui.

— Est-ce que tu as mal ?

— Ce n'est pas une mauvaise douleur, souris-je en le regardant.

Carter se leva avec une énergie surhumaine, puis il me souleva dans ses bras en disant : — Je pense qu'une douche chaude te fera le plus grand bien.

Une fois positionnée dans la douche, je gémis de plaisir lorsque Carter ouvrit le robinet et que l'eau jaillit des innombrables gicleurs.

— Ça fait du bien, lui dis-je en sentant mon énergie revenir.

Les jets d'eau massaient mes muscles endoloris.

Carter prit du savon, le fit mousser sur mon corps, puis il me rinça avant de s'emparer du shampoing.

Honnêtement, je n'aurais jamais imaginé que se faire laver les cheveux par un homme puisse être aussi agréable. La façon dont il me massait le cuir chevelu était particulièrement apaisante.

Une fois ma chevelure lavée et rincée, j'eus l'impression d'être une nouvelle personne.

Ainsi, j'attrapai le gel douche puis j'en versai une quantité généreuse dans mes mains.

— C'est mon tour. Je me sens revigorée.

J'avais l'impression d'avoir attendu toute ma vie de pouvoir le toucher comme cela, et il était hors de question que je laisse filer cette opportunité.

Je caressai son torse, glissai mes doigts sur sa musculature, puis je descendis sur ses abdominaux. Je ne pus m'empêcher d'enrouler ma main autour de son érection.

— Non, Brynn, m'avertit-il.

— Je veux juste te toucher, l'implorai-je.

— Tu risques de commencer quelque chose d'éreintant, répondit-il avec mécontentement.

— Ça ne me fait pas peur, murmurai-je en glissant mes doigts le long de sa verge fièrement dressée.

— Retourne-toi, lui ordonnai-je.

Je m'affairai alors à savonner son dos ainsi que ses fesses musclées.

— Je crois que tu as le derrière le plus sexy du monde, commentai-je.

— Non, pas du tout, répliqua-t-il. Le titre de plus beau derrière du monde t'appartient, ma chérie.

Il se positionna sous l'eau pour se rincer.

— Alors tu es un amateur de belles fesses ? demandai-je en riant.

— Je suis un amateur de n'importe quelle partie de ton corps, répondit-il d'un air diabolique.

Carter n'avait pas à faire le moindre effort pour être charmant. C'était parfaitement naturel chez lui.

Après m'avoir aidée à sortir de la douche, il sécha soigneusement mon corps avant de s'essuyer à son tour.

— Est-ce que tu veux venir dans le Michigan avec moi ? demandai-je d'un air beaucoup plus gêné que nécessaire.

Il jeta la serviette dans la panière à linge, puis il se tourna vers moi.

— J'avais déjà l'intention de venir. Je me suis dit que nous pourrions partir directement d'ici. À moins que tu ne veuilles vraiment pas de moi.

— Bien sûr que si. Je ne savais tout simplement pas comment tu te sentirais à l'idée de rencontrer ma mère. Nous ne savons pas encore où cette relation va nous mener. Je me suis dit que tu avais peut-être besoin de temps pour...

— Absolument pas, m'interrompit-il d'un ton ferme. Brynn, j'ai envie de rencontrer ta mère. Elle et ta tante constituent ta seule vraie famille.

— Elle va te parler de ses futurs petits enfants, le prévins-je.

— Alors je lui dirai que nous ne sommes pas encore prêts pour cela.

— Elle est opiniâtre et directe, ajoutai-je.

— Alors je sais maintenant de qui tu tiens ton caractère, sourit-il.

— Petit malin, dis-je avec le cœur léger.

J'avais hésité à lui proposer de m'accompagner parce que je craignais qu'il ne soit trop tôt pour lui imposer ma famille.

— Et tu n'as encore rien vu, attends un peu de rencontrer mes frères, dit-il d'un air faussement éprouvé. D'ailleurs, tu vas bientôt rencontrer ma famille, et il y a beaucoup plus de monde que dans le Michigan.

— J'ai hâte de faire leur connaissance, lui dis-je avec sincérité.

J'avais encore du mal à me faire à l'idée qu'il existait d'autres frères Lawson, deux sœurs ainsi que les enfants de Harper.

De surcroît, chacun de ses frères et sœurs rencontrait un grand succès dans ce qu'il avait choisi de faire de sa vie.

Leurs parents ont dû leur transmettre un patrimoine génétique incroyable.

— C'est l'heure d'aller au lit, dit-il en me prenant par la main pour me guider jusqu'à la chambre.

— Nous étions déjà au lit il n'y a pas si longtemps.

— Oui, mais cette fois nous allons dormir, dit-il en s'allongeant avec moi sur les draps froissés.

— Tu en es bien certain ? demandai-je en m'installant confortablement et en ajustant la couverture.

Il tendit le bras pour atteindre l'interrupteur afin d'éteindre la lumière.

— J'en suis certain. Même si j'aimerais encore te voir jouir et t'entendre crier mon nom, je veux que tu sois en mesure de marcher demain matin.

Mon esprit protesta, mais je savais que Carter avait raison. Je voulais savourer chaque instant d'intimité avec lui.

Il avait prévu de m'emmener visiter le village le plus proche demain, et il serait regrettable que je ne puisse pas marcher.

Carter enroula son bras autour de moi pour m'attirer contre lui.

Je posai ma tête sur son torse en poussant un soupir apaisé.

À ce stade, j'étais bien obligée de constater que Carter veillait à ce que mes besoins passent avant les siens, et j'étais bien obligée d'admettre que j'étais désormais folle amoureuse de lui.

Cela devrait probablement me terrifier, mais ce n'était pas le cas. Peut-être avais-je enfin appris à faire confiance à un homme. Et peut-être que mes peurs ne me hantaient plus. Ou peut-être avais-je... changé. Le fait que Carter accepte ma façon d'être sans compromis semblait m'avoir débarrassée du nuage noir qui flottait constamment au-dessus de ma tête. Il m'a également aidée à constater que j'étais quelqu'un de normal malgré mon criminel de père.

— Merci, murmurai-je contre son épaule nue.

— Pour ? interrogea-t-il avec étonnement.

— Pour ce petit séjour. Pour avoir fait passer mes besoins avant les tiens. Pour manifester de l'inquiétude à mon égard. Pour te soucier de mon bonheur. Et pour m'avoir acceptée telle que je suis. Je continue ?

— Tu n'as pas à me remercier de tenir à toi, Brynn, répondit-il.

— Peut-être que non, mais je voulais que tu saches à quel point c'est important pour moi. Et je veux que tu saches que je ressens les mêmes choses que toi.

Carter m'embrassa, un baiser plein de douceur et de promesses.

Quelques instants plus tard, je m'endormis paisiblement.

Brynn

—— Comment ça se passe chez ta mère ? demanda Laura lors de notre conversation vidéo.

Nous avions passé les trente dernières minutes à parler de sa gamme de vêtements ainsi que de mes sacs.

Il était temps d'aborder des sujets plus personnels.

Après avoir passé près d'une semaine à la montagne avec Carter, faisant l'amour dans toutes les pièces de son chalet, nous étions désormais dans le Michigan, chez ma mère.

— Ça se passe bien. Mais elle nous a déjà posé toutes les questions gênantes que je redoutais, et plus encore.

Grâce à son charme redoutable, Carter était déjà dans les petits papiers de ma mère. Je n'étais donc pas trop inquiète de les savoir ensemble au centre commercial.

J'avais décidé de rester à la maison pour discuter avec Laura.

— Carter est officiellement ton petit-ami maintenant, n'est-ce pas ? Tu sais bien que ta mère va le cuisiner, me taquina Laura. Est-ce qu'elle l'apprécie ?

— Elle l'apprécie beaucoup trop, répondis-je avec un soupir.

À vrai dire, j'étais soulagée que le courant passe si bien entre eux, mais connaissant ma mère, je savais qu'elle imaginait déjà à quoi ressembleraient ses petits-enfants.

Tante Marlene, qui était également présente, semblait tout autant adorer Carter.

— Je ne suis pas sûre qu'il soit vraiment mon petit ami, ajoutai-je.

— Vous couchez ensemble, souligna-t-elle.

Je n'ai pas eu à lui préciser cette information. Sachant que je venais de passer une semaine enfermée dans un chalet à la montagne avec Carter, Laura avait probablement tiré ses propres conclusions.

— Oui, mais toi et moi nous savons toutes les deux que coucher avec un homme ne fait pas de lui un compagnon officiel.

Laura écarquilla les yeux.

— Par pitié, Brynn. C'est à *moi* que tu t'adresses. Je ne t'ai jamais vue comme ça avec un autre homme. Je vois bien que tu es folle de lui. Et je sais qu'il ressent la même chose pour toi. Je pense même qu'il en a pris conscience avant toi. Ça m'a paru évident quand je l'ai croisé chez toi.

— Nous n'avons pas vraiment parlé d'un avenir ensemble, Laura. Nous avons tous les deux des vies bien remplies, dis-je avec un haussement d'épaules.

— Vous en parlerez bien assez tôt. Est-ce que tu lui as parlé de ton père ? demanda-t-elle d'un ton plus doux.

— Oui. Et sa réaction était incroyable. Ça n'a aucune importance pour lui, Laura.

Elle roula des yeux.

— Sans blague. Heureusement que ça n'a aucune importance pour lui. L'histoire de ton père ne devrait même pas te concerner.

— Je crois que je commence à m'en rendre compte, avouai-je.

— Il n'y a pas de mal à prendre son temps, suggéra-t-elle. Mais sois préparée, parce que Carter envisage probablement déjà un avenir avec toi.

— Je suis amoureuse de lui, lâchai-je à la seule personne à qui je confierais une telle information.

Brynn me sourit.

— Je sais. Je le vois bien. Tout va bien se passer, Brynn. Je sais que tu redoutes toujours le pire, que quelque chose tourne mal, mais ce ne sera pas le cas cette fois. J'en suis certaine. Je peux le sentir.

— Je ne sais pas ce qui s'est passé. Lui et moi, nous ne pourrions pourtant pas être plus différents.

— Seulement de prime abord, pointa-t-elle. Et honnêtement, il n'est pas si inhabituel qu'un mannequin de ton calibre épouse un homme richissime.

— Il n'a jamais été question d'argent, précisai-je. J'aime Carter pour l'homme qu'il est, pas pour ses milliards.

J'entendis alors des voix retentir dans la maison.

— Ils sont revenus, dis-je à Laura.

— D'accord, je te laisse, va donc les retrouver, proposa-t-elle.

— Tu ferais mieux de dire bonjour à ma mère. Elle n'arrête pas de parler de toi et elle se plaint de ne pas t'avoir vue depuis longtemps.

Laura m'accompagnait souvent ici pour les fêtes de fin d'année. Ainsi, non seulement elle connaissait ma mère, mais elle l'aimait beaucoup.

— Est-ce que tu parles toujours avec Laura ? demanda ma mère en entrant dans la pièce.

Assise sur le canapé, je tournai l'écran de l'ordinateur vers elle.

— Oh, coucou ma belle, s'exclama-t-elle avec enthousiasme en saluant Laura de la main.

Ma mère bavarda un instant avec mon amie tandis que mon regard fut automatiquement attiré par l'homme qui se tenait derrière elle.

Il s'approcha de moi et se pencha pour m'embrasser tendrement.

— Tu m'as manqué, murmura-t-il d'une voix rauque après avoir libéré mes lèvres.

Mon cœur manqua un battement. Il m'avait manqué aussi.

— Laura, voici Carter. Est-ce que tu as déjà fait sa connaissance ? demanda ma mère en tirant littéralement mon homme à ses côtés.

— Oui. Ravie de te revoir, Carter, déclara Laura d'un air enjoué.

— Tout le plaisir est pour moi, Laura, dit-il avec charme. Comment vont les affaires ?

— Très bien, répondit-elle. Merci d'avoir accepté de rencontrer mon responsable marketing pour nous aider à élaborer un plan.

En effet, Carter avait fait tout ce qui était en son pouvoir pour aider Laura à promouvoir sa gamme de vêtements. Il souhaitait également rejoindre l'entreprise en tant qu'investisseur afin de favoriser sa croissance, beaucoup plus que moi et Laura ne pouvions le faire.

— Mon frère, Jett, organise une fête de fiançailles dans quelques semaines. Est-ce que tu voudrais te joindre à nous ? demanda-t-il à Laura.

— J'adorerais me joindre à vous, répondit-elle. Vous pouvez compter sur moi.

Je retournai enfin l'écran vers moi afin de saluer Laura et de mettre un terme à notre appel, après quoi je refermai l'ordinateur portable.

Carter s'assit à côté de moi sur le canapé pendant que ma mère alla ranger ses achats.

— Pourquoi as-tu invité Laura à la fête de fiançailles de Jett ? demandai-je avec curiosité. Je croyais qu'il n'y aurait principalement que la famille proche.

— La famille proche ainsi que tout un tas d'invités, sourit-il. Des invités dont la liste ne cesse de s'allonger. Si Jett continue à inviter du monde, il n'y aura pas assez de place chez lui.

— Il risque de ne pas apprécier que tu invites quelqu'un qu'il ne connaît pas, dis-je.

— Pas du tout, répondit-il. Et Laura fait pratiquement partie de ta famille. Mais ce n'est pas la seule raison pour laquelle je souhaite qu'elle vienne. Je l'apprécie, et je crois que c'est aussi le cas de mon frère aîné.

— Mason ? dis-je avec étonnement. Il ne la connaît même pas.

— Il l'a aperçue à cette fameuse soirée caritative, m'informa-t-il avec un petit sourire satisfait. C'était la première fois que je voyais Mason s'intéresser à autre chose qu'à son travail, et plus particulièrement à une femme. Je commence même à penser qu'il n'a pas de vie sexuelle.

Je croisai les bras en essayant de lui lancer mon regard désapprobateur.

— Est-ce que tu joues les entremetteurs ?

— Ce n'est pas mon genre habituellement, mais oui, c'est précisément ce que je fais cette fois.

— Dans ce cas, je peux te révéler que Laura l'a trouvé très sexy, ris-je. Mais je ne suis pas sûre que Mason soit son genre.

— Oh que si, répondit-il d'un air malicieux.

— Tu m'as pourtant dit qu'il était obsédé par votre entreprise.

— Je crois que nous sommes bien placés pour savoir que cela n'a plus aucune importance lorsque la bonne personne se présente. Mason est un mec bien. Il était même le plus gentil de la fratrie quand nous étions enfants. Il faisait tout son possible pour aider les autres. Je sais que cet aspect de sa personnalité est toujours là, quelque part.

La voix de Carter était teintée d'un soupçon de nostalgie à propos de son frère aîné qui s'était en quelque sorte perdu dans son travail.

— Nous sommes peut-être un peu trop optimistes d'imaginer qu'il y aura des étincelles entre eux, lui dis-je.

— Je sais déjà qu'il y aura des étincelles entre eux, déclara-t-il avec beaucoup d'assurance.

— Dans ce cas, je suis contente que tu l'aies invitée.

Je n'avais pas l'intention de lui révéler que Laura envisageait de trouver un donneur de sperme pour avoir un bébé par insémination artificielle. Ce sujet était trop personnel. Néanmoins, ma meilleure amie méritait tout ce qu'elle désirait.

Un mari aimant.

Une entreprise florissante.

Et l'enfant qu'elle voulait mettre au monde.

J'étais prête à la soutenir si elle décidait d'avoir cet enfant toute seule. Laura était parfaitement capable d'élever un enfant, mais je souhaitais qu'elle trouve ce qu'elle cherchait véritablement, et pas seulement une alternative.

J'empoignai le polo de Carter pour le tirer vers moi.

— Tu es un homme bien, Carter Lawson.

Quel genre de milliardaire prendrait le temps de jouer les entremetteurs juste pour rendre son frère heureux ?

Il enroula ses bras autour de moi.

— C'est toi qui le dis, répondit-il d'une voix rauque, son souffle chaud contre mes lèvres.

— Tu peux me croire, murmurai-je avant de l'embrasser.

Carter n'était pas parfait, mais il correspondait parfaitement à tout ce que j'ai toujours voulu. Je ne m'en étais simplement pas rendu compte immédiatement.

Il me rendait plus heureuse que je n'aurais imaginé l'être un jour.

Alors pourquoi une petite partie de mon âme était-elle encore terrifiée ?

Brynn

Je suis beaucoup trop gâtée, dis-je à Carter tandis que son jet privé décollait pour nous ramener à Seattle.

J'aimais profondément ma mère et ma tante Marlene, mais j'avais hâte d'avoir à nouveau Carter rien que pour moi.

Ne sachant pas exactement quelle était la nature de notre relation lors de notre arrivée chez elle, ma mère nous avait préparé des chambres séparées, et j'étais tellement gênée à l'idée qu'elle sache que je couchais avec Carter que nous avions décidé de souffrir en silence.

— C'est plutôt pratique d'avoir un mec propriétaire d'un jet privé, dit-il avec humour. Je préfère que tu voyages de cette façon. C'est beaucoup plus sûr que de subir plusieurs escales.

— Carter, je n'ai pas l'intention de prendre ton jet chaque fois que je dois me rendre quelque part.

— Bien sûr que si, répliqua-t-il sans hésiter. Je dois simplement te convaincre de le faire.

— Tu es conscient que j'ai parcouru le monde entier pendant plus de dix ans et qu'il ne m'est encore rien arrivé de mal, n'est-ce pas ?

En effet, j'étais devenue très douée pour voyager seule grâce à une organisation si bien pensée que mes déplacements se déroulaient sans accrocs.

— Tu as eu de la chance, grogna-t-il. Et je te rappelle que tu as été victime de plusieurs vols.

— Ce qui est inévitable pour quelqu'un qui voyage autant que moi, rétorquai-je. Au début de ma carrière, j'acceptais autant de contrats que possible. Je passais donc plus de temps sur la route que chez moi.

— Plus maintenant, dit-il fermement.

J'ouvris la bouche pour lui répondre, mais lorsqu'il prit ma main dans la sienne sur l'accoudoir du siège, je décidai de me taire.

Ma façon de voyager était un sujet que nous pouvions aborder lorsque le statut de notre relation aura été défini, lorsque nous saurons si c'est à long terme.

Me déplacer en jet privé ne constituait pas vraiment un compromis pour moi.

Je poussai un soupir en appuyant ma tête contre le dossier moelleux de mon siège.

— Je dois dire que Mick m'a beaucoup plu, avouai-je. Et toi, qu'as-tu pensé de lui ?

— La même chose que toi. Il a l'air très gentil et les recherches sur son passé n'ont révélé aucune casserole.

Abasourdie, je tournai vivement la tête vers lui.

— Tu as effectué des recherches sur son passé ?

— Bien sûr. Tu n'aurais jamais eu l'esprit tranquille sans la certitude qu'il n'a aucune intention malveillante. Mais il est au courant, je lui en ai parlé.

— Comment a-t-il réagi ? demandai-je avec stupeur.

— Étonnamment bien. Il comprend que c'est important pour toi et il est assez droit dans ses bottes pour l'accepter. Ce mec n'a rien à cacher, Brynn. Il est à la tête de sa propre entreprise depuis qu'il est jeune. Une entreprise prospère. Il ne manque pas d'argent et je crois qu'il est sincèrement amoureux de ta mère.

— Quoi d'autre ? demandai-je précipitamment.

Vérifier les antécédents de Mick était peut-être très déplacé de la part de Carter, mais je devais reconnaître que toutes mes réticences à l'idée que cet homme épouse ma mère s'étiolaient rapidement.

— Il donne beaucoup d'argent à diverses associations depuis des années, il a construit des logements pour les défavorisés sans chercher à faire le moindre bénéfice, et il a les moyens d'offrir une vie merveilleuse à ta mère. Même si tu t'es déjà occupée de cette partie, dit-il d'une voix traînante.

— Dieu merci, soupirai-je de soulagement. Il a effectivement l'air très gentil, et il a l'air d'aimer ma mère, mais parfois...

— C'est fini, Brynn, m'interrompit-il. Le passé est derrière toi et ta mère a clairement enterré cette partie de sa vie. Mick ne la fera pas souffrir. Il veut prendre sa retraite et voyager avec elle. Sa seule et unique intention est de la rendre heureuse.

Je ne m'en rendais pas toujours compte, mais je craignais l'incertitude.

— Je suis contente de savoir qu'il n'était pas en colère quand tu lui as parlé de ta petite enquête. Je ne sais pas comment je réagirais si quelqu'un fouillait dans ma vie privée.

— Il n'a rien à cacher. Alors il s'en fichait. Je pense qu'il veut simplement que tu sois à l'aise avec leur relation.

— Je le suis, dis-je d'une voix tremblante. J'étais juste inquiète. Je n'avais rien contre cet homme.

— Il le sait, précisa Carter d'une voix apaisante. Et il a bien compris que tu serais préoccupée tant que tu ne saurais pas tout de lui.

— Comment fais-tu pour toujours savoir ce dont j'ai besoin avant moi ? demandai-je.

L'idée de mener une enquête sur le fiancé de ma mère ne m'aurait jamais traversé l'esprit. Mais maintenant que Carter avait pris l'initiative de le faire, j'étais soulagée.

— Peut-être parce que l'objectif principal de ma vie actuellement est de te rendre heureuse, dit-il.

Je le regardai droit dans les yeux et ne vis que la vérité, même si sa voix était joyeusement sensuelle.

— Et tu y parviens, dis-je dans un murmure tant il m'était difficile de l'avouer.

Et je voulais moi aussi le rendre heureux. J'adorais voir la joie de Carter.

Je détachai ma ceinture de sécurité maintenant que nous étions à notre altitude de croisière, puis je me levai. Je détachai ensuite la ceinture de Carter en effleurant volontairement son sexe.

— Tu viens dans la chambre avec moi ? l'amadouai-je.

Carter se leva si vite que son corps musclé parut aussi léger qu'une plume. Il me prit par la main et me guida jusqu'à la chambre située à l'arrière de l'appareil.

Une fois à l'intérieur, il referma bruyamment la porte derrière nous.

— Bon Dieu, Brynn ! Ça m'a tellement manqué de t'avoir dans mon lit, grogna-t-il en me prenant vigoureusement dans ses bras pour m'embrasser.

Notre baiser fut passionné, comme si nous ne nous étions pas vus depuis des années.

J'avais très envie de lui, mais je ne voulais pas céder tout de suite. Je voulais d'abord le rendre fou, et je ne serais pas satisfaite avant de l'avoir fait.

— Cette fois, je suis aux commandes, dis-je d'un ton catégorique lorsqu'il releva la tête.

Il m'adressa un regard affamé, mais il ne chercha pas à discuter.

Je tirai son polo par-dessus sa tête avant de le jeter par terre. Je m'attaquai ensuite à son pantalon.

— Alors comme ça tu veux jouer avec moi ? dit-il d'un ton taquin.

— Oui. C'est l'idée. Est-ce que ça te pose un problème ? demandai-je.

Il secoua lentement la tête.

— Je suis tout à toi, ma chérie.

Mon cœur manqua un battement. Je voulais effectivement que Carter soit à moi, rien qu'à moi. Je n'arrivais toujours pas à croire que cet homme fort et magnifique se soucie tant de moi.

Et le fait qu'il soit à ma merci était dangereusement grisant.

Je me mis à genoux pour baisser son boxer ainsi que son pantalon. Une fois les vêtements autour de ses chevilles, il s'en débarrassa d'un coup de pied, puis je le poussai sur le lit king-size.

— Ne bouge pas, dis-je en veillant à ce qu'il reste sur le dos.

— Crois-tu vraiment que j'ai envie de bouger ? demanda-t-il d'un ton bourru.

Carter était un mâle dominant. En tant que tel, il aimait être aux commandes. Mais cette fois, je voulais déterminer où se situaient ses limites.

En baissant les yeux sur son corps entièrement nu, sexy, torride et incroyablement masculin, je fondis sur place.

— Tu es l'homme le plus sexy que j'ai jamais vu, soufflai-je avec émerveillement avant de poser mes lèvres sur son torse.

J'avais désormais envie d'explorer le corps de Carter comme il l'avait fait avec le mien.

Ainsi, je léchai et embrassai amoureusement tous les muscles saillants de son buste, puis je suivis les contours de ses abdominaux avec ma langue.

Lorsque j'eus fini, son corps était notablement plus tendu.

— Détends-toi, dis-je langoureusement.

— Je ne peux pas, répondit-il. Tu vas finir par me tuer, Brynn.

J'enroulai alors ma main autour de sa verge qui était dure comme de la pierre.

— Je vais t'aider à te détendre.

Dans ma main, la peau de son sexe était soyeuse et enivrante.

Alors que Carter me regardait attentivement, je fermai les yeux et léchai l'extrémité de son membre.

Je rouvris ensuite les yeux et dis : — J'en veux davantage.

— Oh bon sang ! Brynn. Je ne peux pas, lâcha-t-il d'une voix serrée.

— Ne m'arrête pas cette fois, insistai-je en ajustant ma position afin de le prendre dans ma bouche.

Carter m'avait toujours empêchée de le faire jouir avec ma bouche. Pour lui, ma satisfaction passait avant tout le reste. Ce qu'il ne comprenait pas, c'est que je serais pleinement satisfaite de le faire jouir.

Ainsi, je me lançai. Ce fut paradisiaque et je ne pus m'empêcher de gémir en avalant une partie de sa longueur.

Carter grogna quelque chose d'incohérent. Je me mis alors sérieusement au travail pour lui apporter autant de plaisir que possible.

Chacun de ses grondements tourmentés attisa mon excitation. Sa façon de manifester son plaisir était de la musique à mes oreilles. Alors je redoublai d'intensité, le prenant en bouche encore et encore.

— Ça suffit ! ordonna-t-il.

— C'est hors de question, dis-je en refaisant brièvement surface.

Je poussai un cri lorsqu'il se redressa juste assez pour me soulever et me faire pivoter jusqu'à ce que sa tête soit entre mes cuisses.

Je frémis sitôt que je sentis son souffle chaud contre ma chair la plus sensible. Sans hésiter, il agrippa ensuite mes fesses et me tira vers lui pour enfouir son visage entre mes cuisses.

Le plaisir fut si intense que je baissai instinctivement la tête pour lui offrir la même extase.

Cette position était nouvelle pour moi, mais j'étais tellement perdu dans mes sensations que cela n'avait pas d'importance.

Dans mon bas-ventre, quelque chose se déploya subitement et l'orgasme s'empara de mon corps. Au même instant, Carter m'accorda enfin le privilège de goûter à sa jouissance.

J'avalai chaque goutte de sa semence tandis que mon corps tremblait encore sous l'effet de mon propre orgasme.

Sans perdre de temps, Carter me souleva à nouveau pour me positionner à côté de lui. Il s'empressa ensuite de se pencher sur moi pour m'embrasser passionnément, me donnant presque l'impression de me noyer dans le goût de notre extase.

Encore haletante lorsqu'il libéra mes lèvres, mon corps encore bourdonnant de plaisir, j'enfouis mon visage dans son cou.

— Je te laisse faire ce que tu veux de moi, quand ça te chante, commenta Carter.

Mon cœur était si léger que je ne pus m'empêcher de rire avant de lui mordiller joyeusement le cou.

Bon Dieu, j'aimais tellement cet homme que mon cœur semblait prêt à exploser.

Je me sentais intensément vivante. Avant de rencontrer Carter, je ne croyais pas un jour ressentir cela.

J'existais.

Je veillais à être aussi heureuse que possible.

J'étais satisfaite.

Mais Carter a réveillé une partie de moi dont j'ignorais même l'existence.

Et je ne voulais plus jamais que cette partie de moi-même sombre dans le sommeil.

Brynn

— **M**erci de me permettre d'y jeter un œil. En voyant ton succès sur les réseaux sociaux, je savais que je devais te rencontrer.

Je regardai la femme plus âgée assise en face de moi et je clignai plusieurs fois des yeux. Jamais dans mes rêves les plus fous je n'aurais imaginé que mes prototypes de sacs attireraient autant l'attention du public.

Après mon retour du Michigan avec Carter, j'avais mis un point d'honneur à faire des prototypes de mes créations pour les tester en déplacement lors de mes futures missions de mannequinat.

Toutefois, je ne m'attendais certainement pas à ce que le plus grand nom dans le métier me propose de les acheter.

Nous nous étions donné rendez-vous dans un café situé non loin de mon appartement. Ainsi, elle a pris le temps de venir jusqu'ici rien que pour me rencontrer.

— Je ne suis pas sûre de vouloir vendre, madame Waverly, dis-je en jouant la carte de l'honnêteté. Cette gamme de sacs a beaucoup d'importance pour moi. Je veux miser sur le style et l'aspect fonctionnel de ces produits.

— Bien sûr, dit-elle avec un hochement de tête. Et s'il te plaît, appelle-moi Alicia.

— Ce ne sont que des prototypes pour l'instant, Alicia.

— Je veux cette gamme de sacs, Brynn. Quand je les ai vus, j'ai compris pourquoi tout le monde en voulait un. Moi aussi je suis souvent en déplacement, dit-elle avec un petit sourire. Je partage les mêmes frustrations que toi. Je peux m'engager à ce que cette gamme porte ton nom et que tu approuves chaque modèle avant le lancement de la production.

Si je voulais créer une nouvelle gamme de produits, alors je ne pouvais pas rêver d'un meilleur partenaire que cette entreprise.

Il s'agissait d'une marque de luxe très populaire tout en restant suffisamment abordable pour que n'importe qui puisse s'offrir leurs produits.

— J'aimerais prendre le temps d'y réfléchir, dis-je sincèrement. Si je devais m'associer à une entreprise, alors ce serait avec la tienne. Vous proposez une gamme intéressante avec une tarification rationnelle. J'ai toujours apprécié cela.

— Je vais préparer un contrat...juste au cas où, dit-elle avec beaucoup de détermination. Si tu décides de te joindre à nous, ce dont je ne doute pas, alors nous pourrons entamer les négociations.

Alicia était tenace, je devais bien le reconnaître. L'univers de la mode féminine était très rude. Au moins, elle se montrait offensive sans se montrer irrespectueuse.

— Merci d'être venue jusqu'ici. Je te tiens au courant aussi vite que possible, dis-je en remettant les prototypes dans le sac de transport que j'avais apportés.

Elle se leva et ajusta sa jupe ainsi que sa veste élégante.

— Si tu tardes trop, je n'hésiterai pas à t'appeler. Au fait, je connais aussi une entreprise qui aimerait s'entretenir avec Laura concernant sa gamme de vêtements.

À mon tour, je me levai en lui adressant un sourire.

— Je doute fort qu'elle soit intéressée. Elle souhaite commercialiser ses produits elle-même. De très gros investisseurs manifestent beaucoup d'intérêt pour sa marque.

— Eh bien, si elle change d'avis, donne-lui mes coordonnées.

Laura a déjà reçu plusieurs propositions et je savais qu'elle ne souhaitait pas vendre ses créations sous une autre marque.

— Je n'y manquerai pas, dis-je pour m'éviter d'être impolie.

Une fois à l'extérieur, elle partit d'un côté et moi de l'autre. Étant à quelques centaines de mètres de chez moi, je décidai de marcher.

J'ai hâte de dire à Carter ce qui vient de se passer.

Étrangement, Carter était toujours la première personne à qui je pensais, que mes nouvelles soient bonnes...ou moins bonnes.

Nous étions désormais si proches que je voulais tout partager avec lui.

J'accélérai un peu le pas puisque la fête de fiançailles de Jett avait lieu ce soir. Je voulais avoir le temps de me détendre et de me préparer.

La plupart du temps, Carter était chez moi. Nous passions presque toutes nos nuits ensemble.

Je me frayais un chemin parmi tous les gens qui circulaient sur le trottoir lorsqu'une silhouette familière attira mon attention à l'intérieur d'un magasin.

Carter ?

Je m'arrêtai dans mon élan, me valant quelques marmonnements mécontents de la part des passants qui durent changer de trajectoire pour ne pas me percuter.

Que fait-il ici ?

Il était dans une bijouterie, l'une des plus luxueuses de la ville.

Alors qu'il me tournait le dos, mon cœur cessa de battre lorsqu'il tourna la tête, me permettant désormais de le voir de profil. Je remarquai ainsi qu'il s'adressait à une femme qui se tenait juste à côté de lui.

Non ! Il n'est pas avec elle. Ce n'est probablement qu'une inconnue qui se trouvait dans la bijouterie.

Je continuai à les épier, même si je savais que je ne devrais probablement pas.

Carter m'a dit qu'il avait une réunion cet après-midi et que je ne le verrais pas avant qu'il vienne me chercher pour aller à la fête de Jett.

J'étais pratiquement convaincue que cette interaction avec une inconnue était innocente jusqu'à ce que je le vois passer son bras autour d'elle et embrasser le sommet de sa tête, comme il le faisait toujours avec moi.

Mon cœur se serra si fort dans ma poitrine que c'en était physiquement douloureux. Je me forçai donc à reprendre mon chemin pour ne pas subir cela une seconde de plus.

Il n'y avait plus d'excuse. Carter était intime avec une autre femme et lui offrait la même affection qu'à moi.

Détends-toi. Il y a peut-être une explication.

Pourtant, je ne voyais pas pourquoi il serait dans une bijouterie… manifestement afin de choisir un bijou pour la femme en sa compagnie.

J'eus la nausée en pensant à ces boîtes à bijoux que j'avais moi-même reçues de sa part, et que Carter semblait offrir à n'importe qui.

Un magnifique bracelet orné de rubis.

Puis un collier assorti.

Il m'avait même offert les boucles d'oreilles pour compléter la parure, il y a quelques jours de cela seulement.

Je sortis mon téléphone pour appeler Laura.

Je ne savais pas trop si elle comprenait mon explication décousue, mais elle saisit apparemment l'essentiel.

— Brynn. Ne te fais pas de mal avec des conclusions hâtives. Je sais que c'est difficile de faire autrement en de telles circonstances, mais il y a peut-être une explication rationnelle. J'ai du mal à croire que Carter fréquente une autre femme, me rassura-t-elle.

— J'ai peut-être été trop naïve, dis-je entre mes larmes.

Je connaissais parfaitement ce genre de déception ainsi que l'incrédulité éprouvée lorsque quelqu'un s'avérait être une personne complètement différente de celle que vous connaissiez.

— Cesse de te faire du mal comme ça, Brynn. Commence d'abord par lui en parler. Oui, il est possible qu'il soit malhonnête, mais j'en doute fortement. S'il fréquentait une autre femme que toi, tu le saurais depuis longtemps, me dit Laura.

— Je ne le verrai pas avant qu'il vienne me chercher pour la fête de fiançailles de Jett.

— Dans ce cas, parle-lui après la fête. Vous n'êtes pas loin. Vous habitez dans le même immeuble.

Énervée contre moi-même de pleurer, j'essuyai mes larmes. — Je savais bien que je n'aurais pas dû faire d'un homme le centre de ma vie, Laura. Je ne voulais vraiment pas être cette femme effondrée quand l'histoire se termine.

— L'histoire n'est pas terminée, dit-elle fermement.

Carter allait avoir besoin d'une explication sacrément solide pour que cette histoire ne soit pas terminée.

Et pour l'instant, je ne voyais pas comment il pourrait justifier ce que je venais de voir.

Il l'enlaçait comme il m'enlaçait.

Il l'embrassait comme il m'embrassait, avec une affection manifeste.

— Je vais lui parler, dis-je. Mais je ne vois pas comment il pourrait m'expliquer ce que je viens de voir.

— S'il te trompe, je m'occuperai personnellement de lui couper les couilles, répondit-elle. Mais donne-lui une chance de s'expliquer d'abord. Je serais habituellement la première à te dire de t'enfuir, mais pas avec Carter. Je vois bien qu'il tient à toi.

— Ce n'est pas toujours suffisant, répondis-je. Si Carter fréquentait une autre femme, je ne pourrais jamais lui donner une seconde chance.

— J'ai besoin de savoir que je peux lui faire confiance. Il sera toujours suivi par une horde de femmes prête à tout pour être avec lui.

— Et tu n'es pas suivie par une horde de mecs prêts à tout pour être avec toi ? demanda-t-elle.

— Je me fiche complètement d'eux, dis-je d'une voix tremblante. Je ne couche pas avec eux. Ils ne m'intéressent pas.

— Alors en quoi cela a-t-il de l'importance ?

À ce stade, je ne savais malheureusement pas si Carter partageait mon point de vue, et à en juger par ce dont je venais d'être témoin, il ne prenait pas notre relation autant au sérieux que moi.

Après avoir promis à Laura que je m'abstiendrais de prononcer mon verdict tant que Carter n'avait pas eu l'occasion de présenter sa défense, je terminai notre conversation et raccrochai.

En entrant dans mon bâtiment, la réceptionniste me fit signe avant que je n'ai le temps d'atteindre l'ascenseur.

— J'ai une livraison pour vous, madame Davis, dit-elle avec beaucoup trop d'enthousiasme. Ce sont des fleurs, ajouta-t-elle.

Le bouquet qu'elle sortit alors de derrière le comptoir était magnifique. Je la débarrassai du vase qu'elle me tendit et constatai que celui-ci était atrocement lourd. Incapable de parler, je lui adressai un sourire avant de m'en aller.

Je pris ensuite l'ascenseur et attendis d'être dans mon appartement pour ouvrir la carte qui accompagnait le bouquet – même si je savais déjà qui me l'avait adressé.

Chaque moment passé loin de toi est médiocre. Chaque moment passé en ta compagnie est inoubliable. J'ai hâte de te voir ce soir. C.

Contrairement à d'habitude, ma fréquence cardiaque resta parfaitement stable à la lecture de cette carte.

Et je n'étais pas non plus haletante d'excitation.

En réalité, je ne ressentais pas grand-chose du tout.

Après avoir rangé les prototypes de sacs que j'avais montrés à Alicia, je me rendis à la salle de bain pour prendre un bain. Malheureusement, même l'eau chaude dans laquelle je plongeai mon corps ne suffit pas à réchauffer mon cœur glacé à l'idée de perdre Carter.

À ce stade, je craignais même de ne jamais m'en remettre.

Chapitre 23

Brynn

J'ai entendu dire que tu allais travailler à Hollywood, Brynn. C'est comment là-bas ?

Je souris à Ruby, la fiancée de Jett, tandis que la fête battait son plein tout autour de nous.

— J'y vais simplement pour le tournage d'une publicité. Je pense que Los Angeles sera une ville agréable maintenant que les températures sont plus douces. Concernant Hollywood, je ne sais pas trop comment le décrire sans être négative. Ce n'est pas aussi glamour qu'on pourrait l'imaginer. Il y a beaucoup de sans-abri, ce qui est très paradoxal dans une région où l'argent coule à flots. C'est un peu...triste.

Avec Ruby, c'était le coup de foudre. Âgée de vingt-trois ans seulement, elle était encore jeune, mais je sentais que son âme renfermait beaucoup plus de sagesse que son âge pouvait le suggérer.

Nous nous étions isolées à une petite table située dans un coin de l'immense appartement de Jett afin de pouvoir discuter tranquillement, et j'étais bien contente de m'écarter des festivités.

Depuis mon arrivée, j'ai essayé de faire comme si de rien n'était, mais je me sentais complètement anéantie.

J'avais beau être douée pour cacher mes émotions, je ne pouvais pas le faire indéfiniment.

Carter était vêtu d'un smoking, et je portais ma petite robe noire préférée, mais rien n'était plus comme avant.

— J'ai vécu dans la rue pendant très longtemps, m'informa-t-elle. Jett m'aide à améliorer la vie des sans-abri ici, à Seattle.

Je savais que Ruby avait subi beaucoup de traumatismes, mais le fait qu'elle ait été sans domicile fixe me surprenait.

— Je dois avouer que j'ai moi-même failli finir à la rue au début de ma carrière. Tu es si jeune, Ruby.

— J'étais une adolescente en fugue. Je n'avais nulle part où aller. Puis j'ai rencontré Jett. Je ne faisais confiance à personne avant de le rencontrer.

Ruby se montrait franche et incroyablement honnête avec moi. J'avais beaucoup de respect pour cela.

— Moi aussi j'ai eu mes raisons de ne faire confiance à personne, avouai-je avant de siroter longuement de mon champagne.

Je me sentais étrangement liée à Ruby. Cela venait peut-être du fait que nous avions toutes les deux été privées d'une adolescence normale. Honnêtement, je ne pouvais même pas imaginer à quel point ce devait être difficile de se retrouver seule à un âge si précoce. Malgré toutes mes difficultés, j'avais toujours eu ma mère.

— Comment vous êtes-vous rencontrés ? demandai-je avec curiosité.

— Il m'a sauvée, dit-elle avec un soupir mélancolique. Je me suis fait enlever et séquestrer par des trafiquants d'êtres humains. Sans Jett, je ne sais pas ce que je serais devenue. Je suis aujourd'hui à la tête de ma propre entreprise, je sais donc que je pourrai toujours subvenir à mes besoins, mais je ne peux plus imaginer une vie sans lui. Jett est mon meilleur ami.

En parlant à Ruby, je pris conscience que j'avais eu une vie relativement paisible. Certes, je manquais cruellement de moyens pendant mes années à New York, et je luttais même pour payer mon loyer à l'époque. Mais je n'ai jamais rien vécu d'aussi difficile que Ruby.

— À ta place, je ne sais pas si je m'en serais sortie.

— L'instinct de survie nous permet parfois de faire des choses surhumaines. Tu es certainement beaucoup plus résiliente que tu ne l'imagines. Tu n'as tout simplement jamais été confrontée à une situation de vie ou de mort.

— En effet, dis-je en secouant la tête.

— J'ai appris à m'en sortir au jour le jour. Je suis partie pour une région plus chaude afin de ne pas souffrir du froid, je veillais à trouver des endroits où je pouvais me nourrir, et j'essayai d'éviter les ennuis, même si ce n'était pas toujours possible. Je ne pensais pas tomber sur des trafiquants. À ce moment-là, je voulais trouver du travail. N'importe quel travail.

— Et ils t'ont fait croire qu'ils t'en donneraient ?

Ruby me répondit par un simple hochement de tête.

— Des ordures, dis-je avec colère. Je déteste les hommes qui s'attaquent aux femmes en position de vulnérabilité.

Je comprenais parfaitement cela puisque c'était exactement le mode opératoire de mon père.

Ruby m'adressa un sourire.

— Moi aussi. Je travaille dur pour avoir autant d'impact que possible dans ma petite partie du monde.

— J'aimerais beaucoup participer. Est-ce possible ? demandai-je.

— Oui, nous sommes en train d'établir une fondation, m'informa-t-elle. Mais je suis sûre que nous aurons l'occasion d'en reparler puisque tu es la compagne de Carter.

Je dus réprimer un sursaut en l'entendant dire cela.

— Je suis prête à faire tout ce qui est en mon pouvoir pour t'aider. Même si tu as besoin de volontaires pour faire les lits dans les hébergements d'urgence, ou pour n'importe quel travail manuel, je suis disponible, lui dis-je. Je peux aussi faire à manger.

— N'es-tu pas déjà impliquée dans plusieurs œuvres caritatives ? demanda-t-elle. Carter m'a dit t'avoir rencontrée dans une soirée de collecte de fonds au profit des victimes de violences conjugales.

— Oui. Mais je ne fais que donner de l'argent. Je n'ai encore jamais eu le temps de m'impliquer personnellement à cause de mes déplacements pour mon travail. Et Carter et moi ne nous sommes pas vraiment rencontrés ce soir-là. Nous nous sommes juste aperçus, expliquai-je.

Je voulais vraiment m'éloigner du sujet de son futur beau-frère.

— Je sais. Tu lui as collé une énorme gifle, dit-elle en éclatant de rire. Et je suis sûre qu'il le méritait.

— Il t'a dit ça ? demandai-je. J'étais très surprise que Carter ait raconté quelque chose d'aussi humiliant pour lui.

— Il se sentait horriblement coupable, Brynn. Je suis heureuse que tu lui aies donné une autre chance. Carter peut paraître froid et superficiel de prime abord, mais il n'est vraiment pas comme ça.

— Alors comment est-il ? lui demandai-je. J'étais très curieuse d'avoir le point de vue de Ruby concernant Carter.

— Il était très seul, jusqu'à ce qu'il te rencontre. Et il se sent responsable de tous les problèmes des gens qu'il aime. Je n'arrive toujours pas à croire qu'il se mette la mort de ses parents sur le dos. Mais Carter est comme ça. Il ne montre jamais ses émotions, pourtant il est excessivement sensible.

Une forte envie de pleurer s'empara subitement de moi. Ruby venait de dresser un portait très précis de Carter. Il y avait encore beaucoup de choses à dire sur lui, mais elle voyait plutôt juste.

— Il t'a parlé de ses parents ?

— Après t'en avoir parlé, il s'est confié à Jett. Puis il en a parlé à tous ses frères et sœurs. Tout le monde lui a dit qu'il était dingue de penser une chose pareille. Je crois qu'il se sent beaucoup mieux depuis qu'il en a parlé à sa famille, dit-elle avant d'avaler le reste de son champagne, après quoi elle fit signe à un serveur de lui en apporter un autre.

Je pris également une coupe supplémentaire, même si j'avais probablement déjà bien assez bu pour la soirée.

— Je suis tellement contente de t'avoir rencontrée, Brynn, commenta Ruby après avoir siroté un peu de son verre. Il a l'air si heureux, ajouta-t-elle en hochant la tête en direction de la fratrie Lawson.

Carter semblait effectivement très heureux en compagnie de ses frères et de ses sœurs, avec qui il parlait et riait à gorge déployée.

La première fois que je l'avais aperçu lors d'une fête, élégant et sophistiqué, je le voyais comme un imposteur, tout comme moi.

Ce soir, il était tout aussi élégant et bien dans sa peau, mais ses yeux étaient loin d'être froids. Et il profitait vraiment de la présence de sa famille.

— Si je ne suis plus avec Carter, est-ce que nous resterons tout de même en contact ? demandai-je.

De toute évidence, le champagne commençait à faire son petit effet. Je me sentais triste et mélancolique.

— Bien sûr, répondit-elle sans hésiter. Mais tu seras toujours avec Carter, n'est-ce pas ? Vous êtes parfaits l'un pour l'autre et je peux te dire qu'il t'adore.

Je lui adressai un sourire sans conviction.

— J'espère que je serai toujours avec lui. Nous n'avons pas encore parlé de tout.

— Nous échangerons nos numéros de téléphone avant ton départ, insista Ruby. Mais je pense que tu n'iras nulle part, sauf peut-être à Hollywood. As-tu d'autres déplacements à faire ?

— Je suis très souvent en déplacement, dis-je. Mais je viens de recevoir une proposition de la part d'une énorme marque pour la production de mes sacs de voyage. Si je décide de franchir le pas avec eux, alors je cesserai probablement de parcourir le monde.

— C'est fantastique, Brynn. Est-ce que ce sont les sacs que tu as montrés sur tes réseaux sociaux ? Je te suis assidûment et je les trouve magnifiques. J'en veux un, mais Jett m'a dit qu'ils n'étaient pas encore commercialisés.

— Je t'en enverrai quelques-uns si je commence à les produire. Ceux que tu as vus ne sont que des prototypes.

De temps en temps, son regard s'égarait en direction de son fiancé. L'amour qu'elle avait pour lui était évident.

À première vue, peut-être qu'ils formaient un couple improbable. Tout comme Carter et moi. Pourtant, ils étaient clairement amoureux et incroyablement heureux.

— Ce serait merveilleux, dit-elle en portant à nouveau son attention sur moi. Maintenant parle-moi de ta carrière. Je ne suis qu'un chef pâtissier.

Je me mis à rire pour la première fois de la soirée.

— Je ne sais pas trop si je peux être amie avec quelqu'un qui fait des pâtisseries. Tu es dangereuse. J'adore les pâtisseries, mais ces choses adorent se déposer sur mes fesses.

— Moi aussi je dois faire attention, dit-elle avec compassion. J'aime goûter mes propres recettes. J'ai fait le gâteau ce soir.

— Je l'ai vu. C'est spectaculaire, la complimentai-je. Et j'ai bien l'intention d'en prendre une part, que cela fasse partie de ma routine alimentaire ou non.

— Voilà Carter, dit-elle avec enthousiasme. Je crois que tu lui manques. Il a regardé dans ta direction une bonne centaine de fois. Viens me voir avec de partir. Nous pourrons bavarder quand tu auras le temps. Je peux te mettre à contribution dans les centres d'hébergement si tu le souhaites, et je veux un de ces sacs.

J'acquiesçai machinalement, puis je tournai la tête pour constater que Carter se tenait déjà à côté de moi.

— Est-ce que ça va ? demanda-t-il.

— Ça va. Ruby et moi étions en train de bavarder.

Il croisa les bras.

— Tu lui as tout dit, Ruby ?

— Seulement les choses intéressantes, répliqua-t-elle.

— J'ai hâte de goûter ce gâteau. Tu as fait un excellent travail, dit-il.

— Merci. Tu me diras ce que tu en penses, dit Ruby avant d'arborer un énorme sourire en voyant son fiancé s'approcher de notre table.

— Je suis incapable de résister à tes pâtisseries, lui dit Carter tout en me prenant par la main pour m'aider à me lever.

Sans me lâcher la main, il me guida jusqu'à la table des pâtisseries. Non seulement Ruby avait préparé un gâteau, mais le grand buffet était également recouvert de pâtisseries.

— Que me suggères-tu de goûter ? lui demandai-je poliment.

— Sachant que tu ne goûteras qu'une seule de ces pâtisseries, je te conseille le gâteau, répondit-il.

Carter s'affaira ensuite à en couper une part qu'il déposa dans une assiette pour moi.

J'avalai le reste de mon champagne, puis je déposai la coupe vide sur le plateau d'un serveur qui passait par là.

— Allons à l'extérieur, dit Carter près de mon oreille. Ça devrait être plus calme.

Il prit ma main dans la sienne et me guida jusqu'à la terrasse.

Chapitre 24

Carter

Brynn n'était manifestement pas dans son assiette ce soir, mais je n'arrivais pas à comprendre ce qui la préoccupait.

Depuis que je l'avais récupérée chez elle pour aller à la fête de fiançailles de Jett, elle était particulièrement distante.

Ce n'était pas la femme que je connaissais, celle qui faisait des blagues à propos de tout et qui s'amusait de n'importe quelle situation.

Sur le chemin, elle m'avait à peine adressé la parole, ne me donnant que des réponses en un mot.

Elle était peut-être tracassée par son rendez-vous professionnel. Peut-être que celui-ci ne s'est pas bien passé. Toutefois, sa froideur inhabituelle semblait m'être destinée.

— Qu'est-ce qui ne va pas ? demandai-je une fois sur la grande terrasse de l'appartement de Jett.

Nous étions dans un coin tranquille. Il n'y avait pas grand monde à l'extérieur à cause de la température anormalement basse pour la saison.

— Rien, nia-t-elle. Tout va bien.

Brynn prit quelques bouchées de son gâteau, puis elle posa son assiette sur la table située à côté de nous.

— Menteuse ! Tu ne m'as presque pas parlé de la soirée, ce qui ne te ressemble pas. Tu as également bu beaucoup plus d'alcool que d'habitude. Quelque chose ne va pas et je veux savoir pourquoi tu as l'air si triste. Est-ce que ton rendez-vous s'est mal passé ?

— Au contraire, dit-elle. Le rendez-vous s'est très bien passé. Ils veulent acheter toute la gamme, et ils me proposent de me laisser en charge du processus créatif. Rien ne sera commercialisé sans mon approbation.

— As-tu accepté ?

Elle secoua la tête.

— Pas encore.

— Est-ce que tu veux en parler ?

— Pas vraiment, répondit-elle froidement.

J'avais déjà englouti ma part de gâteau et déposé mon assiette vide à côté de la sienne.

— Alors dis-moi pourquoi tu n'es pas toi-même ce soir.

— D'accord, accepta-t-elle. Je pense que nous devrions faire une petite pause dans notre relation. C'est trop rapide pour moi, Carter.

Je la regardai, complètement abasourdie par ce qu'elle venait de dire.

— Quoi ? Est-ce que tu es sérieuse ?

Bon Dieu ! Faire une pause était hors de question pour moi. Je voulais continuer à foncer à pleine vitesse, plein gaz, et ce ne sera jamais assez rapide pour me satisfaire.

Je pensais à elle cinquante fois par jour, et quand je ne pensais pas à elle, j'étais en sa compagnie.

Elle posa délicatement sa main sur mon bras.

— Je crois que nous nous sommes un peu précipités. Tu as une carrière importante, et je dois partir dans quelques jours pour le tournage d'une publicité en Californie. C'est peut-être l'occasion de prendre un peu de recul pour réfléchir à notre relation. Si ça ne marche pas, nous pouvons peut-être rester amis.

Je commençais à voir rouge, un rouge qui virait écarlate en songeant à ce qu'elle venait de dire.

— Mais qu'est-ce qui te prend, Brynn ? Que s'est-il passé entre hier soir et aujourd'hui ? Tu étais à des années lumières d'envisager une chose pareille hier.

Brynn baissa les yeux.

— J'y ai simplement réfléchi.

Elle est à moi. Cette femme était faite pour moi et il était hors de question qu'elle m'échappe.

Néanmoins, je voulais aussi son bonheur, même si cela signifiait qu'elle ne voulait pas de moi.

— Tu ne peux pas me dire que notre relation n'est pas merveilleuse, Brynn. Je ne te croirais pas.

Je posai mes mains sur ses épaules pour la secouer légèrement – comme si cela suffirait à ramener la Brynn que je connaissais.

— L'attirance physique ne suffit pas pour former un couple, Carter, dit-elle d'une voix si calme que j'eus envie d'écraser mon poing contre un mur.

— Il ne s'agit pas que d'attirance physique, et tu le sais. Tu peux partir si tu veux, mais ça me briserait le cœur. Je t'aime, Brynn. Je crois même que je suis amoureux de toi depuis l'incident de l'ascenseur. J'étais un sale enfoiré, mais tu m'as changé. Je dirais même que tu m'as guéri, bon sang. Tout était en noir et blanc dans ma vie jusqu'à ton arrivée. Tu m'as permis de voir qu'il y a en réalité de la couleur tout autour de moi. Tu m'as permis de voir la vie telle qu'elle est vraiment. Et rien ne sera plus jamais pareil si tu décides de mettre un terme à notre relation, grognai-je. Je croyais qu'on se faisait confiance. Je ne peux pas être ton ami, Brynn. J'en suis incapable.

Je préférais encore me faire larguer plutôt que de prétendre ne pas avoir besoin d'elle pour respirer.

Je faillis tomber à genoux en voyant une larme couler sur sa joue.

— Nous nous faisions bel et bien confiance, déclara-t-elle d'un air profondément déçu. Mais je ne suis plus sûre de rien.

— Est-ce que tu es saoule ? demandai-je pour essayer de justifier ce changement de comportement si soudain.

— Non, répondit-elle simplement tandis que les larmes continuaient à jaillir de ses yeux. Je suis désolée. Je dois y aller. Je vais prendre un taxi.

— Prends la voiture, ordonnai-je d'une voix serrée.

Même si elle me quittait, je voulais au moins qu'elle soit en sécurité.

Je la suivis à l'intérieur où je la regardai se frayer un chemin à travers la foule jusqu'à la sortie.

Toujours aussi respectueuse des autres, elle prit néanmoins le temps de s'arrêter pour dire au revoir à Jett et Ruby avant de s'en aller pour de bon.

La tête baissée et le dos rond, je retournai sur la terrasse. Je n'étais pas d'humeur à affronter la fête, qui commençait d'ailleurs à toucher à sa fin. Alors je me laissai tomber dans une chaise, encore trop abasourdi pour mettre de l'ordre dans mes pensées.

Sans trop savoir depuis combien j'étais assis là, je pris conscience que l'un des couples sur le balcon était en réalité Mason et Laura, mais je leur tournais le dos et je regardais la *Space Needle* de Seattle, qui était bien en vue.

— Je crois que tu as besoin d'un petit remontant, dit Jett en venant s'asseoir à côté de moi.

J'acceptai le verre de whisky généreusement rempli qu'il me tendit, puis j'en avalai la moitié en une seule gorgée.

— Qu'est-ce qui s'est passé ? Ruby a cru voir Brynn pleurer, dit-il.

— Je n'en ai aucune idée, dis-je avec honnêteté. Hier, tout allait merveilleusement bien. Aujourd'hui, elle veut faire une pause dans notre relation, ce qui revient à dire que c'est fini entre nous. Bon sang, elle a même suggéré que nous restions amis. Je ne peux pas être son foutu *ami*. Je ne peux pas m'empêcher de la toucher, et je n'ai pas envie de m'en empêcher. Cette femme est faite pour moi.

— Une idée de ce qui aurait pu provoquer tout ça ? demanda Jett.

— Aucune. Nous n'avons eu aucun désaccord. Aucune dispute. Juste un au revoir, répondis-je avant de descendre le reste de mon whisky en espérant que cela suffirait à apaiser mon chagrin.

— Alors c'est fini ? demanda Jett d'un air sombre.

— Certainement pas. Ce n'est pas fini. Aurais-tu laissé Ruby te filer entre les doigts aussi facilement ? grommelai-je. Je vais la laisser tranquille ce soir, mais je n'ai pas l'intention de disparaître. Je lui ai promis de ne pas disparaître. Il s'est passé quelque chose, Jett. Je dois simplement découvrir de quoi il s'agit. Brynn est la femme de ma vie. Il n'y aura jamais personne d'autre. Je l'aime.

— Je suivrais Ruby jusqu'en enfer s'il le fallait, répondit Jett avec le plus grand des sérieux. Je me doutais bien que tu ne passerais pas à autre chose cette fois.

— En effet. Mais je dois admettre que je ne sais pas quoi faire.

— Tu fais déjà le nécessaire. Donne-lui un peu de tranquillité ce soir, mais pas trop non plus.

— Je lui laisse la nuit. Demain matin, je serai à sa porte. Elle doit partir dans quelques jours pour le travail. J'ai bien l'intention de régler ça avant son départ. Sinon je vais devenir fou.

— Rentre chez toi et dors un peu. La fête est terminée, me conseilla Jett.

— Je suis désolé, je ne voulais pas gâcher ta fête, lui dis-je.

— Tu es mon frère, Carter. Si tu as besoin de moi, alors je suis là pour toi. Les circonstances du moment n'ont aucune importance.

Je lui donnai une tape dans le dos avant de me lever de ma chaise.

— Je suis content que tu n'aies plus de problèmes avec les femmes.

Jett secoua la tête et me lança un sourire amusé.

— Je suis désolé de te l'apprendre, mais les femmes sont... compliquées. Cela dit, je dois dire que les parties de jambes en l'air post-dispute en valent la peine.

— Je préfère éviter la dispute et passer directement à la partie de jambes en l'air, grommelai-je en le suivant à l'intérieur.

Je m'apprêtais à rentrer chez moi, mais je savais déjà que je ne fermerais pas l'œil de la nuit.

Chapitre 25

Laura

J'avais bu beaucoup trop de champagne et mangé beaucoup trop de gâteau, mais je n'étais pas sûre de l'ordre dans lequel j'avais consommé tout cela.

Mon estomac manifestant actuellement son mécontentement, je sortis pour prendre l'air sans prêter attention aux gens présents sur la terrasse.

Inspire.

Expire.

Inspire.

Expire.

— Mais qu'est-ce que tu fais ? demanda une voix profonde depuis un coin de la terrasse.

— Je respire, répondis-je avant qu'il ne s'approche de moi tandis que je contemplais les lumières de la ville.

Je me tournai alors vers *la voix*.

Je fus surprise de constater qu'il s'agissait de Mason Lawson, l'homme qui avait attiré mon attention lors de la soirée caritative où Brynn avait aperçu Carter pour la première fois.

Ce soir, il était tout aussi irrésistible.

— Nous respirons tout le temps, grommela-t-il. Je ne crois pas qu'il soit nécessaire de le faire consciemment. Et tu respirais très bruyamment.

— Est-ce que je t'ai dérangé ?

— Non

— Est-ce que ma présence t'incommode ?

— Non.

— Dans ce cas, pourquoi veux-tu que j'arrête ? demandai-je. J'avais probablement l'air d'une idiote, mais dans mon cerveau imprégné d'alcool, cela n'avait pas d'importance.

— Je me demandais simplement pourquoi tu respirais si fort.

— J'ai mangé trop de gâteau et bu trop de champagne. Ce qui ne m'arrive jamais.

— Alors pourquoi est-ce arrivé ce soir ? demanda-t-il d'un air contrarié.

Ou peut-être que Mason avait *toujours* l'air contrarié. Je ne connaissais pas vraiment son comportement normal.

Néanmoins, sa question était pertinente. Pourquoi ai-je trop bu et trop mangé ce soir ? En plus du gâteau, je me souvenais maintenant avoir également avalé quelques pâtisseries.

— Je crois que j'essayai d'échapper à mes propres pensées, avouai-je sans me soucier de ce que je disais et à qui je le disais.

— À quoi pensais-tu ? demanda-t-il comme s'il interrogeait le témoin d'un crime.

— Je veux avoir un bébé, lui révélai-je bien volontiers. Je commence à me faire vieille et personne ne semble vraiment vouloir de moi et d'un bébé. À vrai dire, je ne doute pas qu'un homme accepterait de m'épouser, ne serait-ce que pour mon statut de mannequin international. Ou pour mon argent. Quand on gagne beaucoup d'argent, il est parfois difficile de savoir si les gens sont sincères. Est-ce que tu comprends ce que je veux dire ? Et j'ai l'impression que les mecs bien ne veulent jamais être avec moi, divaguai-je sans parvenir à me taire.

Mason se mit à rire, un éclat de rire maladroit qui me donna l'impression qu'il n'avait probablement pas l'habitude de rire.

— Quel âge as-tu ? exigea-t-il de savoir.

— Trente-trois ans. Mon horloge biologique tourne, et je veux être assez jeune pour jouer avec mes propres enfants. Si j'ai des enfants un jour. Au pluriel. Bien que je serais déjà très heureuse d'en avoir un seul. Mais je dois dire qu'être fille unique n'est pas toujours facile, continuai-je.

Personne ne le savait mieux que moi.

— Dans ce cas, comment envisages-tu d'avoir un enfant s'il n'y a pas d'homme dans ta vie ? demanda-t-il d'un air perplexe.

— Les femmes n'ont plus besoin des hommes, ris-je en lui donnant une tape sur le bras. Du moins, nous n'avons pas besoin d'un heureux élu. Nous avons besoin d'un donneur de sperme. Alors je suppose que nous avons encore un peu besoin d'eux. Je n'ai pas besoin d'un homme à domicile. J'ai simplement besoin de son sperme.

— Es-tu en train de me dire que tu veux avoir un enfant par insémination artificielle ? demanda-t-il.

Je lui répondis par un hochement de tête si vigoureux que j'en eus le vertige.

— Ouais. Mon ovule, son sperme, le tout sans jamais avoir à rencontrer de mec. C'est le meilleur des deux mondes.

— Mais cet enfant va grandir, et il aura peut-être un jour le souhait d'en savoir davantage sur son père, n'est-ce pas ? souligna-t-il d'un ton neutre.

— Je lui donnerai autant d'amour que deux parents, argumentai-je.

En réalité, il avait parfaitement raison et ce sujet me posait problème, raison pour laquelle j'essayais de ne pas trop y penser le temps de cette fête.

— Tu as le temps. Tu es une très belle femme avec une excellente situation professionnelle. Tu finiras par trouver quelqu'un avec qui concrétiser ce projet de façon traditionnelle, dit-il d'une voix glaciale.

— Es-tu toujours aussi grincheux ? demandai-je.

— Es-tu toujours aussi bavarde ? répliqua-t-il.

— À vrai dire, non, je ne le suis pas. Je crois que je suis un peu ivre. Je ferais mieux de rentrer chez moi.

— Est-ce que tu te souviens de ton adresse ? demanda-t-il sèchement.

— Bien sûr que oui. Tu n'as pas besoin d'être désagréable avec moi juste parce que je veux un enfant. De nombreuses femmes le font tous les jours.

— Je croyais pourtant être aimable, dit-il avec hésitation. C'est même moi qui ai engagé la conversation.

S'il pense être aimable, alors je ne voudrais pas le voir de mauvaise humeur.

— Dans ce cas, merci pour la conversation, dis-je avant de lui tourner le dos pour quitter la terrasse.

— Attends ! ordonna-t-il en m'attrapant par le bras. Je n'essayais sincèrement pas d'être désagréable.

Je me tournai vers lui.

— Ce n'est pas grave. Je ne te connais pas et j'ai probablement l'air d'une folle alcoolique.

— Est-ce que tu essaies vraiment d'avoir un enfant ? demanda-t-il comme s'il souhaitait poursuivre son interrogatoire.

— Oui. J'ai toujours voulu fonder une famille, dis-je.

Je sentis alors les larmes me monter aux yeux, mais puisque j'étais complètement saoule, je n'essayai même pas de les contenir.

Mason posa ses énormes mains sur mes épaules.

— Tu trouveras quelqu'un. Laisse-toi un peu de temps. Bon sang, j'ai trente-quatre ans et je n'ai encore jamais songé à avoir des enfants. Ni à me marier, d'ailleurs.

— Tu es un homme. Tu as jusqu'à ta mort pour avoir des enfants. Ce n'est pas mon cas. L'horloge tourne.

— L'horloge ne tourne pas si vite, dit-il sèchement.

Je commençais à croire que Mason Lawson ne savait sincèrement pas interagir normalement avec ses semblables. Mais il avait au moins le mérite de m'écouter.

Et d'être beau comme un Dieu. Ses cheveux étaient noirs, mais ses yeux étaient d'un gris lumineux, ce qui le rendait sacrément sexy.

— Crois-moi, l'horloge tourne très vite, dis-je sans parvenir à dissimuler mes difficultés d'élocution. Elle tourne assez vite pour que j'envisage une insémination artificielle. J'aurai trente-quatre ans quand quelques mois.

— As-tu déjà songé à demander à un homme de ton entourage ? Quelqu'un qui pourrait au moins te donner ses antécédents médicaux. Un homme que l'enfant serait libre de rencontrer s'il décide de le faire un jour, dit-il. Sa voix était toujours aussi glaciale et ses yeux étaient rivés sur mon visage.

— Oh mon Dieu, non. Je ne connais aucun homme qui accepterait une chose pareille.

— J'en connais peut-être un, lâcha-t-il.

— Qui ?

Je mourrais d'envie d'entendre sa réponse, et j'étais à peu près sûre qu'il s'agissait de lui-même. Mais avant qu'il n'ait le temps de répondre, je m'évanouis dans ses bras.

Chapitre 26

Brynn

Une fois seule dans mon appartement, je ne savais trop que penser. J'aimerais pouvoir rester insensible. Ce serait moins douloureux. Mais chacun des mots prononcés par Carter m'a déchiré le cœur.

Pas plus tard qu'hier, j'aurais pleuré de joie en l'entendant me dire qu'il m'aimait. Aujourd'hui, je pleurais de l'avoir entendu me dire cela, mais certainement pas de joie.

Je retirai ma petite robe noire pour enfiler un short ample ainsi qu'un t-shirt court, puis je me préparai un café.

Carter avait raison à propos d'une chose...j'avais consommé beaucoup plus d'alcool que d'habitude. Et je savais précisément pourquoi. J'essayais d'échapper à la situation.

Et je m'en voulais d'avoir cette réaction.

Mon plan initial était d'assister à la fête, puis de lui donner une chance de s'expliquer. Rien ne justifiait d'être aussi proche d'une autre femme, mais je lui devais au moins le droit de dire *quelque chose*.

Au lieu de cela, je l'ai simplement repoussé pour ne pas avoir à faire face à la réalité.

Je sirotai mon café à la petite table de ma cuisine tout en pensant à toutes les fois où Carter m'a assuré qu'il ne disparaîtrait pas, tout cela pour finir par me tromper.

Il n'avait peut-être pas encore couché avec elle, mais cela n'avait pas d'importance. La trahison émotionnelle était tout aussi grave. Peut-être même pire.

Je commençais lentement à retrouver mes facultés cognitives en faisant le plein de caféine. De surcroît, un long moment s'était désormais écoulé depuis mon dernier verre d'alcool.

Je n'étais pas vraiment saoule, mais suffisamment intoxiquée pour me permettre de fuir la difficulté. L'alcool a ouvert la porte à mes émotions négatives et j'étais impatiente de la refermer.

Je voulais appeler ma mère pour prendre de ses nouvelles, mais il était déjà tard, soit trois heures du matin chez elle. J'allais donc devoir attendre jusqu'à demain.

Après avoir écouté Ruby me parler de l'enfer qu'elle a traversé, je ressentais le besoin de dire à ma mère combien je l'aimais et de la remercier d'avoir toujours été là pour moi.

Nous n'avions pas beaucoup d'argent, pourtant elle a toujours veillé à ce que nous ayons un toit au-dessus de la tête après l'emprisonnement de mon père. Sans elle, je n'aurais pas le succès professionnel que je connais aujourd'hui.

Le brouillard alcoolisé se dissipa enfin pour de bon. Je ne ressentais désormais plus que du chagrin.

J'aurais dû laisser Carter me dire ce qu'il avait à me dire.

J'aurais dû lui laisser une chance de s'expliquer.

Et j'aurais dû l'écouter.

En repensant à toutes les choses qui ont déjà été dites et faites entre nous, j'aurais vraiment dû lui laisser une chance.

Après tout, Carter m'a guérie d'une blessure qui me paralysait depuis des années. Et même s'il était fort probable qu'il m'ait trompée, je me savais désormais capable de faire confiance à un homme. Même si cet homme n'était plus Carter.

Fais-le, Brynn. Fais-le. Crève l'abcès et affronte la vérité !

En fin de compte, je me connaissais assez bien pour savoir que je ne parviendrais pas à tourner la page tant que je n'aurais pas entendu la vérité.

Avant de changer d'avis, je m'emparai de mon sac à main dans lequel je me mis à fouiller à la recherche de la carte permettant d'accéder à l'appartement de Carter. Je ne l'avais encore jamais utilisée mais j'étais contente de l'avoir.

Je pris également les clés de mon appartement, puis je me rendis au dernier étage de l'immeuble.

Je dois connaître la vérité. Je dois connaître la vérité.

Une fois arrivée devant la porte de son appartement, j'hésitai un instant avant de me résoudre à sonner.

Il m'ouvrit presque immédiatement et mon cœur se serra dans ma poitrine en découvrant son visage dévasté.

Sa cravate dénouée pendait autour de son cou et son smoking était si froissé que Carter semblait avoir dormi avec.

Je déglutis difficilement pour me débarrasser de la boule qui semblait coincée dans ma gorge.

— Tu as dit que je pouvais monter ici si jamais j'avais besoin de toi. Est-ce que je peux entrer ?

Son regard était froid mais il ouvrit aussitôt la porte en grand pour me laisser entrer.

— Je dois te poser une question, et j'espère vraiment que tu sauras être honnête avec moi, me lançai-je.

Son regard examina ma tenue vestimentaire. J'avais oublié que je portais déjà ma tenue pour aller au lit. J'étais si impatiente d'obtenir les réponses à mes questions que j'en avais oublié de me changer.

— J'ai toujours été honnête avec toi, Brynn, répondit-il d'un ton neutre.

— Tu m'as dit que tu avais une réunion hier, mais quand j'ai quitté le café où j'avais mon rendez-vous, je t'ai aperçu. Je t'ai vu dans une bijouterie avec une autre femme, Carter. Je t'ai vu la prendre dans tes bras, je t'ai vu l'embrasser. Tu n'étais pas à ta réunion. Tu étais avec une autre femme, dis-je.

Carter sembla d'abord ne pas comprendre, puis son visage se ferma complètement.

Sans un mot, il se retourna et se précipita en direction de sa chambre. Il revint quelques secondes plus tard.

— C'est vrai, dit-il d'un ton distant comme s'il s'adressait à un collègue de travail. Je n'étais pas en réunion. C'était mon seul et unique petit mensonge. Mensonge que je justifiais probablement parce que je voulais que Harper m'aide à choisir ceci.

J'eus le souffle coupé lorsqu'il ouvrit un écrin en provenance de cette même bijouterie. Niché dans son petit coussin en velours rouge se trouvait le plus beau diamant que j'avais jamais vu.

La bague était soit en platine, soit en or blanc, et celle-ci arborait une énorme pierre centrale qui scintillait intensément malgré la lumière tamisée. Le gros diamant était entre deux autres diamants plus petits et sertis en retrait afin de mettre la pierre principale en valeur.

— Oh mon Dieu, dis-je d'un air horrifié. C'est Harper qui était avec toi dans la boutique.

— Bien évidemment, dit-il d'un ton désinvolte. Et si tu m'as vu l'embrasser, j'imagine que cela n'avait rien de romantique. Je ne l'avais pas vue depuis longtemps et j'étais heureux qu'elle soit avec moi. Je lui ai fait promettre de garder ce secret jusqu'à ce que je puisse te demander en mariage. Je voulais t'épouser, Brynn. Je t'aimais.

Le fait qu'il parle au passé était un peu effrayant.

Merde ! Mais qu'est-ce qui m'a pris ?

— Je ne pouvais pas vraiment voir son visage. Je t'ai vu passer ton bras autour d'elle et embrasser le sommet de sa tête, comme tu le fais tout le temps avec moi. Je suis désolée, Carter, dis-je. Mon cœur éclata en un million de petits morceaux dans ma poitrine.

Je l'avais blessé. Il était manifestement dévasté.

— Et il ne t'est pas venu à l'esprit qu'il y avait peut-être une explication logique à ce que tu venais de voir ? demanda-t-il d'un ton sec. Certes, je n'aurais jamais dû te mentir à propos de ma réunion, mais je voulais te faire une surprise. Et il t'a suffi d'un événement insignifiant pour renoncer à notre relation, dit-il en glissant le petit écrin dans sa poche.

— Je t'aime aussi, Carter. Je t'aime de tout mon cœur. J'ai juste eu peur. J'avais l'impression que le pire scénario imaginable était devenu réalité.

Il y eut un instant de silence. Le regard glacial de Carter me transperçait.

— Tu ne veux plus me donner cette bague ? demandai-je finalement avec hésitation.

Une vive douleur traversa mon âme face au doute visible sur le visage de Carter.

Il ne voulait manifestement plus m'épouser.

Je venais de tuer l'amour fragile qui était né entre nous deux.

Carter passa sa main sur ses cheveux.

— Bon Dieu ! Je ne sais plus ce que je veux. Tout à l'heure, j'étais prêt à te laisser du temps et à être là quand tu serais prête. J'ai également envisagé d'insister jusqu'à ce que tu me parles de ce qui te préoccupait. Mais maintenant, sachant qu'une chose aussi insignifiante t'a poussée au silence sans même me parler - ou encore mieux, sans venir me voir dans la bijouterie quand tu m'y as vu -, je me demande si tu trouveras d'autres excuses pour fuir à l'avenir. Je me demande si c'est vraiment ce dont tu as envie. Je ne pense pas pouvoir gérer ça, Brynn. Tu ne m'as même pas laissé une chance de m'expliquer.

J'essayai de retenir les larmes qui emplissaient désormais mes yeux, mais c'était perdu d'avance. Carter avait raison et il avait parfaitement le droit d'être en colère.

— J'avais prévu de t'en parler après la fête. Mais tu as raison, j'ai trop bu, et je n'ai pas su faire face à la situation.

Carter resta muet. Seul son visage exprimait son tourment.

— Je ne t'en veux pas d'être hésitant, ajoutai-je d'une voix tremblante. Je me suis comportée comme une idiote. J'ai eu une réaction irrationnelle et j'ai laissé cela prendre le dessus sur ma capacité de réflexion.

Carter avait prévu de me demander en mariage.

Voilà à quel point son amour pour moi était réel.

Et je venais de tout gâcher. Je venais de tout détruire.

— Je ne sais vraiment pas quoi faire maintenant, Brynn.

J'essuyai la rivière de larmes qui coulaient sur mon visage.

— Je comprends, sanglotai-je. Mais je veux que tu saches que je t'aime. Je suis amoureuse de toi depuis ce baiser volé dans l'ascenseur. Tu m'as tellement aidée. Et je m'en veux tellement d'avoir douté de toi. Je n'aurais jamais dû douter de toi, pas même l'espace d'une seule seconde.

— Toi aussi tu as transformé ma vie, dit-il d'une voix sensiblement plus chaleureuse. J'ai besoin de plus que cela. Je sais que les couples se disputent, et je suis prêt à me disputer avec toi tous les jours de la semaine si nécessaire. Mais je ne peux pas vivre avec la crainte que tu risques de fuir à la première difficulté.

Mon cœur était brisé. Je mourrais d'envie de me jeter dans ses bras et d'implorer son pardon jusqu'à ce qu'il me l'accorde.

Il était désormais trop méfiant. La confiance était rompue et il n'avait manifestement pas l'intention de me donner une seconde chance.

— Je sais, acquiesçai-je entre mes larmes. J'ai brisé le lien de confiance qui nous unissait. C'est entièrement de ma faute.

Je venais de perdre la meilleure chose qui me soit jamais arrivée. J'avais laissé mes peurs prendre le contrôle.

— Nous devrions peut-être en parler quand nous aurons tous les deux eu le temps d'y réfléchir, suggéra-t-il.

Je comprenais ce que cela signifiait. Il ne parviendrait pas à oublier cette blessure irrémédiable alors que lui m'a tout donné.

— Ne t'inquiète pas, dis-je avec une grande tristesse. Je vais te laisser tranquille.

Carter n'essaya pas de me retenir lorsque j'ouvris la porte et sortis de son appartement.

Je ne m'attendais toutefois pas à ce qu'il le fasse.

Je pris l'ascenseur pour retourner chez moi, le tout en pensant au fait que je ne perdais finalement pas Carter à cause d'une tromperie fantasmagorique. Je le perdais à cause de mes insécurités.

Je ne pouvais pas remonter le temps et réagir différemment, mais j'avais la ferme intention de lui montrer tout l'amour que j'avais pour lui. Je refusais d'abandonner tant que je n'étais pas convaincue qu'il n'y avait aucune chance pour nous.

Je ne méritais peut-être pas une seconde chance. Mais je ne laisserais pas Carter filer sans me battre pour lui.

Chapitre 27

Brynn

— Comment se fait-il que j'ai meilleure mine que toi alors que je n'ai pas fermé l'œil de la nuit ? demandai-je à Laura le lendemain matin en m'asseyant en face d'elle dans le restaurant où nous nous étions retrouvées.

J'avais reçu un email de mon agent me demandant si je pouvais prendre un vol pour la Californie dès aujourd'hui. Mon client souhaitait commencer le tournage plus tôt que prévu, alors j'avais réservé un vol la nuit dernière.

Ce matin, Laura m'a appelée pour m'inviter à prendre un café avant mon départ pour l'aéroport.

Mon sac était dans ma voiture et il me restait environ une heure pour bavarder avec mon amie.

En examinant le visage de Laura, je n'aimais pas trop ce que je voyais. Les poches sous ses yeux étaient sombres, comme si elle n'avait pas dormi du tout. Et elle semblait très stressée. Ses doigts étaient enroulés autour de sa tasse de café comme si sa survie ne dépendait plus que de cette boisson.

— Qu'est-ce qui ne va pas ? insistai-je.

Elle couvrit son visage avec sa main.

— Oh, mon Dieu, Brynn, j'ai beaucoup trop bu hier soir.

— Ce n'est pas comme si nous ne l'avions jamais fait auparavant, lui rappelai-je.

— Mais je ne connaissais personne à cette fête. Je me sens idiote, marmonna-t-elle. Dans mon ivresse, j'ai parlé à Mason Lawson. Pour être honnête, je ne me souviens pas de tout ce que j'ai dit, mais je me souviens lui avoir parlé de mon projet d'avoir un bébé.

— Qu'y-a-t-il de mal à lui en avoir parlé ? Tu lui as simplement dit la vérité.

— Je crois qu'il m'a proposé d'être le père de ce bébé. Tout est très flou dans ma tête. Je me trompe peut-être, mais j'ai pourtant l'impression de me souvenir très clairement de ça.

— Eh bien, je pense qu'il y a pire comme donneur de sperme, sifflai-je.

— Je suis mortifiée. Je me suis comportée comme une idiote. Il doit avoir une piètre opinion de moi. Ce n'est peut-être pas si grave puisqu'il est peu probable que je croise à nouveau son chemin. Mais j'ai vraiment honte de moi.

— Ce n'est qu'un mec, Laura. Sincèrement, qui se soucie de ce qu'il pense ?

Laura se redressa sur sa chaise, mais son visage était toujours hagard.

— Tu as raison. Je suis juste un peu gênée d'avoir été si bavarde au sujet de ma vie privée avec l'un des hommes les plus riches de la planète.

— De quoi d'autre avez-vous parlé ? demandai-je avec curiosité.

— Rien dont je puisse me souvenir, Dieu merci. La conversation n'a pas duré très longtemps. D'ailleurs, merci d'avoir pris le temps de me ramener chez moi après la fête.

— Laura, je ne t'ai pas ramenée chez toi, dis-je.

Elle devait être sacrément saoule.

Laura releva la tête et me regarda avec effroi.

— Mais j'étais chez moi ce matin, dans mon lit. Comment diable suis-je rentrée chez moi ? Ma voiture était toujours chez Jett. Je suis allée la récupérer ce matin. Bon sang, je n'ai encore jamais bu au point d'oublier comment je suis rentrée chez moi.

— Laura, qu'est-ce qui se passe ? Moi non plus je ne t'ai jamais vue dans cet état, dis-je.

Même si j'étais heureuse qu'elle ait pu regagner son domicile en un seul morceau, son comportement commençait à m'inquiéter.

Laura haussa les épaules.

— J'ai commencé mes recherches pour mon projet d'insémination artificielle. C'est très...froid. Savais-tu qu'il faut sélectionner un donneur dans une base de données ? Ensuite, il faut payer. Ils acceptent bien volontiers ma carte bancaire. Comme si je commandais une pizza. C'est un bébé, pour l'amour du ciel. Alors je me suis demandé comment j'allais bien pouvoir expliquer ça à mon enfant. Et je ne sais plus quoi faire. Je dois aussi sélectionner plusieurs critères concernant le donneur. Son niveau d'éducation, ses antécédents médicaux, son origine ethnique, ses caractéristiques physiques et bla, bla, bla. Imagine si mon enfant finit en couple avec un demi-frère ou une demi-sœur biologique ? Est-ce que je dois donner mon accord pour que le donneur puisse voir l'enfant s'il le souhaite un jour ?

— Je ne savais pas que tu étais déjà allée aussi loin dans les démarches, dis-je, quelque peu blessée que Laura ne m'en ait pas parlé.

— Pas vraiment. Je ne suis allée qu'à une seule consultation. Ils m'ont demandée de commencer à chercher un donneur si je suis intéressée.

— Alors c'est plus compliqué que tu ne le pensais ? demandai-je.

— Au contraire, c'est beaucoup plus facile que je ne l'imaginais. Je choisis un mec qui a tous les critères que je jeux, puis je passe à la caisse, et c'est fini. Le processus n'est vraiment pas compliqué du tout. Mais je suis bien obligée de penser à l'avenir. Je crois que c'est pour ça que je voulais un peu lâcher prise hier soir. Je suis allée trop loin, soupira-t-elle.

— S'il te plaît, ne te décourage pas, dis-je doucement. Tu n'es pas obligée de te précipiter, tu peux prendre le temps d'y réfléchir. À moins que tu n'aies déjà payé. Et même si tu as déjà payé, personne ne va te forcer à faire quoi que ce soit.

Laura secoua la tête.

— Je n'ai encore rien payé. Je crois que je voulais simplement savoir à quoi m'attendre. Tomber enceinte n'est pas le problème. C'est la suite qui m'inquiète.

Je comprenais parfaitement son inquiétude.

— Prends ton temps, lui conseillai-je. Et ne t'inquiète pas au sujet de ta conversation avec Mason. D'après ce que m'a dit Carter, son frère est un bourreau de travail. Il ne se souviendra peut-être même pas de votre rencontre.

Eh bien, j'espérais beaucoup plus de cette rencontre entre Laura et Mason.

— Je l'espère, marmonna-t-elle. Comment s'est passée la fête pour toi et Carter ? Quand je t'ai vue, tu n'avais pas l'air particulièrement heureuse d'être là.

Laura et moi étions ensemble à la fête jusqu'à ce que Ruby me prenne à part et que quelqu'un d'autre entame la conversation avec ma meilleure amie.

— J'ai merdé. J'ai essayé de rompre avec Carter au lieu de le confronter à propos de la femme avec qui je l'ai vu à la bijouterie. Il s'avère que c'était sa sœur, Harper, qui l'aidait à choisir une bague de fiançailles pour *moi*. Et maintenant, nous sommes séparés pour de bon parce que je l'ai repoussé, lui expliquai-je en sentant mon cœur se mettre à saigner dans ma poitrine.

— Oh, Brynn. Je suis désolée.

Après avoir commandé un café, je pris le temps d'expliquer à Laura ce qui s'est passé la veille.

— Est-ce qu'il a dit qu'il ne voulait plus te revoir ? demanda-t-elle.

— Non. Mais il ne semblait pas en avoir envie du tout. Je suis plutôt soulagée de prendre l'avion ce matin. Peut-être qu'une absence de quelques semaines permettra d'apaiser la situation, dis-je.

En effet, l'intégralité de la ville de Seattle me faisait penser à Carter, et les médias locaux adoraient parler de la famille Lawson.

— Il t'aime toujours, Brynn. Et toi aussi, n'est-ce pas ? demanda-t-elle avec bienveillance.

Redoutant de fondre en larmes au milieu du restaurant, je me contentai de lui répondre par un hochement de tête.

— Vous pourrez peut-être en discuter quand tu seras de retour. Carter est peut-être en colère, mais il n'est pas du genre à prendre une décision hâtive. Il connaît ton passé.

— Oui. Mais c'est aussi à moi d'apprendre à laisser ce passé derrière moi. Carter ne m'a jamais donné la moindre raison de ne pas lui faire confiance. Bien au contraire. Ma réaction était instinctive et non réfléchie, alimentée par mes insécurités. Bon Dieu, il m'aimait tellement qu'il allait me demander en mariage, dis-je d'une voix plus forte que nécessaire.

— Crois-moi, il ne va pas renoncer à toi pour si peu. Laisse-lui du temps, dit-elle.

— Je ne sais pas si je suis capable de lui laisser du temps. J'aime Carter. Je *veux* l'épouser. Je n'imagine pas ma vie avec quelqu'un d'autre, lui dis-je. Je suppose que je vais devoir lui prouver que je n'ai vraiment pas l'intention d'abandonner. Que je ne prendrai plus jamais la fuite pour une raison aussi ridicule, ajoutai-je.

— Voilà la femme que je connais et que j'aime, déclara Lara avec un sourire. Tu ne recules jamais. Ne commence pas maintenant.

— Je n'envisage même pas de reculer, répondis-je en lui adressant un faible sourire.

Je portai ensuite mon regard en direction de l'horloge.

— Oh, mon Dieu, je dois y aller. J'ai un avion à prendre, m'exclamai-je.

Je me levai et pris mon sac à main.

— Je m'occupe de l'addition. Occupe-toi d'arriver à l'heure à l'aéroport, me dit Laura en me faisant signe de partir.

— Ne prends pas de décision sans moi, la suppliai-je. Je veux être là si tu décides de passer par l'insémination artificielle.

— Tu as ma parole. Je n'ai vraiment aucune envie de penser à cela pour l'instant, affirma-t-elle.

Laura se leva à son tour pour me serrer rapidement dans ses bras, après quoi je me précipitai hors du restaurant.

Une fois dans ma voiture, je sortis mon téléphone pour envoyer un SMS. Le premier d'une longue série de messages que je prévoyais d'envoyer au cours des prochaines semaines. Et si Carter ne souhaitait pas les recevoir, alors il devra me le dire en face.

Sinon, il aura de mes nouvelles quotidiennement.

Brynn

Jour un :
Brynn : *Je t'aime. Je suis désolée.*
Jour 2 :
Brynn : *Tu me manques. Je suis désolée.*
Jour trois :
Brynn : *Je t'aime. Et tu me manques. Je suis désolée.*
Jour 4 :
Brynn : *Je n'ai pas l'intention de disparaître. Je suis désolée.*

Je fis défiler la liste de SMS que j'avais envoyés à Carter au cours des deux dernières semaines. Ils étaient tous identiques mais légèrement différents.

J'étais sur le point de quitter la Californie, mais mon cœur était lourd.

Mes valises étaient prêtes et j'attendais actuellement le chauffeur pour me rendre à l'aéroport. Il me restait encore un peu de temps à attendre, alors je posai mes fesses sur le lit de ma chambre d'hôtel.

Carter ne m'avait pas répondu une seule fois.

Tu savais que ça ne serait pas facile.

Oui, je le savais, et j'étais prête à retourner à Seattle où je reprendrai mon combat pour reconquérir Carter.

En attendant, j'avais du mal à me concentrer sur mon travail. J'avais du mal à être radieuse physiquement alors que je me sentais désespérée.

Sans aucune nouvelle de Carter, chaque nouveau jour était un peu plus difficile que le précédent.

Est-ce qu'il prenait au moins le temps de lire mes messages ?

En avait-il quelque chose à faire ?

Ou était-il simplement... passé à autre chose ?

Je sursautai lorsque mon téléphone vibra.

Mes mains commencèrent à trembler en voyant l'expéditeur du SMS que je venais de recevoir.

Carter : Il était temps que tu boucles ton travail là-bas.

Mon cœur se mit à marteler.

Brynn : Comment sais-tu que j'ai fini de travailler ?

Carter : Le PDG de l'entreprise pour laquelle tu travailles est une de mes connaissances.

Je ne pus m'empêcher de sourire. Sans surprise, il suffisait à Carter Lawson de décrocher son téléphone pour contacter n'importe quel cadre ou directeur d'entreprise. Mais pourquoi diable avait-il fait cela avec mon client ?

Je m'efforçai de ne pas avoir de faux espoirs. Après tout, je lui écrivais depuis deux semaines sans réponse de sa part.

Carter : Une voiture t'attend en bas et mon jet est prêt à décoller de l'aéroport.

Brynn : Maintenant ?

Carter : Immédiatement.

Je n'avais aucunement l'intention de contester son autoritarisme. Ainsi, il me fallut un peu moins d'une minute pour regagner le hall d'entrée avec ma valise et mon bagage à main.

Il est prêt à me parler.

Il a envoyé son avion et sa voiture avec chauffeur.

Cela signifie-t-il qu'il veut que je revienne à Seattle pour discuter calmement de ce qui s'est passé ?

Je m'arrêtai net après avoir franchi les portes coulissantes de l'hôtel, sidérée par ce qui se trouvait juste devant moi.

Ce n'était pas la voiture de luxe qui m'intéressait.

En effet, *Carter* était appuyé nonchalamment contre le véhicule, un bouquet de roses rouges dans les mains.

Je donnai mes affaires au chauffeur qui vint m'en débarrasser, puis je m'approchai de Carter.

Sa beauté était à couper le souffle.

Il portait aujourd'hui un costume sur mesure gris ainsi qu'une cravate bleue assortie à ses beaux yeux bleus qui étaient actuellement illisibles.

— Tu es ici, haletai-je simplement.

— En effet, répondit-il en me tendant les fleurs.

— Elles sont magnifiques, lui dis-je en les acceptant.

— C'est *toi* qui es magnifique, corrigea-t-il. Cela dit, je crois me souvenir t'avoir demandé ne pas prendre de vols commerciaux.

— Nous avons rompu, balbutiai-je.

— Je n'ai jamais rompu. Je n'ai tout simplement pas su réfléchir assez vite. Viens là, dit-il en ouvrant ses bras en grand.

Je me jetai contre lui sans une seule seconde d'hésitation. En sentant ses bras ses refermer autour de moi, j'eus l'impression que mon cœur allait éclater dans ma poitrine.

Son odeur délicieuse me submergea, cette même odeur masculine qui me rendait systématiquement euphorique.

— Je t'aime, Carter. Je t'aime tellement. Je suis tellement désolée. Je me suis comportée comme une idiote.

— Arrête ! grogna-t-il. Ça suffit. Je sais déjà que tu es désolée. Tu m'as envoyé quatorze messages pour me le dire. Cette histoire est derrière moi. Je m'en fiche. Ce n'était qu'une erreur. Je veux seulement te serrer dans mes bras maintenant. Bon Dieu, Brynn. Tu m'as tellement manqué.

Je me mis à pleurer et à sangloter sur son costume hors de prix jusqu'à ce qu'il ouvre la portière de la voiture et m'aide à monter à bord. Il s'assit ensuite à côté de moi rien que pour me prendre à nouveau dans ses bras.

Je n'arrivais plus à m'arrêter de pleurer même s'il s'agissait de larmes de soulagement. Des larmes de joie. Des larmes de bonheur en comprenant que Carter ne me reprocherait pas cette erreur pour toujours.

— Je ne savais pas si tu me reparlerais un jour puisque tu n'as pas répondu à mes SMS, sanglotai-je.

— Ne pleure pas, dit-il en essuyant tendrement les gouttelettes de mes joues. Je ne t'ai pas répondu parce que je voulais le faire en personne. Et je savais que tu avais un travail à terminer ici. Mais crois-moi, c'était une torture de garder le silence. Je peux désormais te répondre de vive voix. Je t'aime aussi, Brynn Davis. Je t'aimerai pour l'éternité. Peu importe le nombre d'erreurs que tu commets, ou que je commets, nous resterons ensemble. Il est fort probable que je fasse moi aussi des erreurs à l'avenir, mais une chose que je ne ferai jamais, c'est être avec une autre femme que toi.

— Je n'aurais jamais dû penser une chose pareille, lui dis-je doucement. Les fantômes de mon passé sont revenus me hanter. Tu n'y étais pour rien. C'était entièrement de ma faute. J'aurais dû entrer dans cette bijouterie, sans songer une seule seconde que tu me trompais. Mais j'étais terrifiée. Notre relation est si merveilleuse. Tout est arrivé si vite. Je crois que je retenais mon souffle en attendant que quelque chose tourne mal.

Carter posa ses doigts sur mes lèvres.

— Ça suffit, Brynn. Je sais ce que tu as vécu. J'aurais dû me montrer plus compréhensif. Je ne savais pas que tu devais partir le lendemain matin pour ton travail. J'étais à ta porte peu de temps après ton départ, mais tu n'étais déjà plus chez toi. Quand j'ai enfin eu l'idée d'appeler Laura, ton avion avait déjà décollé. Après cela, j'ai préféré attendre. Mais la patience n'a jamais été l'une de mes vertus, sourit-il.

Je sentis la voiture se mettre en mouvement. Je me blottis alors contre Carter en poussant un soupir, reconnaissante qu'il ait été assez patient.

Dans ses bras, je me sentais chez moi, et je ne voulais plus jamais en partir.

— Merci d'être venu me chercher, murmurai-je.

— Tu croyais vraiment que j'allais t'abandonner ? demanda-t-il d'un ton bourru. Tu m'as terriblement manqué. Je voulais venir te chercher sitôt que j'ai su où tu étais partie. Mais je ne serais jamais reparti sans toi.

— J'aurais bien aimé que tu me répondes au moins une fois, souris-je. Je me sentais un peu idiote d'envoyer tous ces messages sans réponse.

— Si ça peut te rassurer, sache que j'attendais tous les jours impatiemment ton message. C'est la seule chose qui me permettait de patienter.

— Je te promets de ne plus jamais douter de toi. Tu ne m'as jamais donné la moindre raison de ne pas te faire confiance, expliquai-je.

— Et je veillerai à ce que tu ne doutes jamais de nous, dit-il d'une voix rauque.

Désireuse de le regarder dans les yeux, je me retournai dans ses bras. Mais avant même de pouvoir le regarder, Carter prit mon visage entre ses mains et m'embrassa.

Je fondis dans son étreinte en prenant enfin conscience que, quoi qu'il arrive, il ne me laisserait jamais tomber.

Épilogue

Brynn

Un mois plus tard...

Tout était presque parfait dans ma vie depuis mes retrouvailles avec Carter.

Selon lui, nous n'avons jamais vraiment été séparés, nous n'avons jamais vraiment rompu, et je ne cherchais même plus à le contredire.

Quoi qu'il en soit, cet incident m'a donné un douloureux aperçu de ce que serait ma vie sans lui, et je ne voulais plus jamais revivre une chose pareille.

Cela ne voulait pas dire que Carter et moi ne nous disputions pas. Dans un couple formé par deux personnes indépendantes et entêtées, c'est même inévitable. Mais nous savions y faire face.

En nous exprimant.

En nous écoutant l'un l'autre.

Nous parvenions à résoudre nos problèmes.

Puis le sexe s'occupait du reste.

Il s'agissait même de la seule phase de nos disputes que nous apprécions tous les deux.

— Bonjour, beauté. Que fais-tu ici ?

Je levai les yeux de mon travail pour contempler le bel homme à qui appartenait cette voix.

Carter.

J'étais toujours surprise de constater que ma bouche devenait sèche chaque fois que je le regardais. Et mon cœur cessera-t-il un jour de palpiter en entendant le son de sa voix ?

Bon Dieu, j'espère bien que non.

— Je ne t'attendais pas aussi tôt, dis-je.

En effet, il était de retour du travail beaucoup plus tôt que d'habitude.

Je travaillais aujourd'hui depuis son appartement. À vrai dire, mon propre appartement ne me servait pratiquement plus que d'espace de stockage.

Nous étions toujours impatients de passer nos soirées et nos nuits ensemble, et j'adorais sa grande terrasse. Il commençait à faire un peu plus froid le soir, mais les journées étaient encore assez chaudes pour que je puisse travailler sur la terrasse.

— Tu m'as manqué, répondit-il simplement.

Je me levai de la chaise longue sur laquelle je me trouvais, puis je m'approchai de lui pour passer mes bras à son cou.

Il m'offrit alors une de ses étreintes chaleureuses qui ne manquaient jamais de me donner le sentiment d'être le centre de son univers.

— Tu m'as manqué aussi, murmurai-je en inhalant son odeur alors qu'il me serrait fermement dans ses bras.

— On devrait peut-être sortir pour fêter la signature de ton contrat, non ? suggéra-t-il d'un ton rauque.

J'avais signé un contrat avec Alicia pas plus tard que la veille, et j'étais encore sous le choc de la somme d'argent que je m'apprêtais à toucher. L'argent n'était même pas l'aspect le plus intéressant de cet accord. En effet, je conservais une liberté totale de création et aucun sac ne serait commercialisé sans mon approbation.

C'était la cerise sur un gâteau déjà très généreux.

Je relevai la tête afin de voir son visage.

— Je cuisine. Et j'ai acheté quelques pâtisseries à Ruby au café de Lia aujourd'hui. Elles ont l'air délicieuses.

Dernièrement, je retrouvais souvent Ruby et sa meilleure amie, Lia, propriétaire d'un café. Ruby fournissait Lia en pâtisseries, et il n'était jamais facile de refuser ces délicieuses choses pour accompagner ma dose de café.

— Tu vas vraiment en manger ? demanda-t-il avec enthousiasme.

— J'en ai déjà mangé une ce matin, et je vais en manger une deuxième avec toi si tu acceptes de m'aider à éliminer ces calories superflues, le taquinai-je.

— Marché conclu, répondit-il si vite que j'en eus le vertige. Mais je suis rentré plus tôt pour une raison bien spécifique, alors ne me distrait pas avec des idées érotiques.

Je le regardai attentivement pour essayer de déterminer si quelque chose n'allait pas.

— Est-ce que tout va bien ?

— Je n'ai pas dit que ça n'allait pas, me fit-il remarquer.

— Alors il n'y a pas de mauvaise nouvelle ?

Il secoua la tête.

— Non. C'est plutôt le contraire.

— Excuse-moi, soupirai-je. J'ai encore du travail à faire sur moi-même pour arrêter de toujours imaginer le pire.

Ma relation avec Carter était si extraordinaire que je redoutais toujours la survenue d'un événement perturbateur, mais j'essayais tous les jours de changer ce mode de fonctionnement.

— Viens à l'intérieur, m'exhorta-t-il en me prenant par la main. Une fois dans l'appartement, il referma la porte coulissante menant à la terrasse.

Il fourra sa main dans sa poche pour en sortir une petite boîte qui ressemblait étrangement à...

Oh mon Dieu.

Quand je disais que ma vie était *presque parfaite*, c'est parce que je n'avais jamais revu la bague que Carter avait acheté pour me demander en mariage.

J'essayais tant bien que mal de ne pas trop y penser, sans vraiment y parvenir.

— Je ne pouvais pas t'offrir la même bague ni l'acheter dans la même bijouterie, dit-il. Trop de mauvais souvenirs y sont associés. Alors je suis allé voir un joaillier qui en a créé une autre, entièrement sur mesure. Il a fallu du temps pour arriver au résultat désiré. Mais aujourd'hui, elle est enfin prête. Je dois donc te poser la question que je veux te poser depuis près de deux mois.

Carter ouvrit la petite boîte, puis je repris mon souffle sans me rendre compte que je ne respirais plus depuis plusieurs secondes.

L'écrin était d'une couleur différente, mais la bague était toujours nichée au centre d'un intérieur en velours rouge.

Et celle-ci était extraordinaire.

Je relevai les yeux vers Carter.

Mon cœur se mit à galoper face à la solennité visible dans son regard.

— Épouse-moi, Brynn. Abrège mes souffrances. Je t'aime. Je veux passer le restant de mes jours avec toi. Tu as fait de moi un bien meilleur homme que je ne l'étais avant de te rencontrer.

Je me décidai enfin à cligner des yeux, libérant par la même occasion un flot de larmes de joie que je ne pus contenir.

— Oh, Carter, dis-je d'une voix haletante. Oui. Tu sais bien que la réponse est oui. Je t'aime.

J'étais très touchée qu'il se soit donné la peine de trouver une autre bague afin que cet instant ne me rappelle pas mes erreurs. Et j'étais heureuse de ne pas avoir laissé mes insécurités gâcher cette longue attente.

J'avais attendu.

Et l'explication logique était arrivée sans mon intervention.

Ma main tremblait légèrement lorsqu'il passa la bague à mon doigt.

— Elle est magnifique, dis-je avec émerveillement.

— Je suis sacrément content de voir cette bague à ton doigt, dit-il. Tu ferais mieux de fixer une date de mariage assez rapidement si tu ne veux pas finir à Las Vegas.

Je me jetai dans ses bras, après quoi Carter me souleva et tournoya joyeusement sur lui-même.

Les larmes qui coulaient encore sur mes joues ne m'empêchèrent pas de rire de bonheur.

— Un mariage discret à Las Vegas ne me dérangerait pas.

— Ta mère ne serait pas de cet avis, me prévint-il.

— Probablement pas, concédai-je. Je suis fille unique.

— Je saurai être patient, dit-il d'un ton qui manifestait en réalité son impatience. Marions-nous aussi rapidement que possible. J'ai bien assez attendu que ce moment arrive.

Je le regardai avec des cœurs dans les yeux.

Dans un geste plein de tendresse et de délicatesse, il essuya les larmes de mon visage.

— Ne pleure pas. Je t'avais bien dit que ce n'était pas une mauvaise nouvelle.

— Embrasse-moi, exigeai-je, incapable d'attendre une seconde de plus pour avoir un lien intime avec lui.

Il se pencha immédiatement vers moi et couvrit ma bouche avec la sienne. Ce baiser constituait une promesse de toutes les choses dont Carter et moi ferions l'expérience à l'avenir.

Cette demande en mariage était bien plus qu'une bonne nouvelle.

Carter était à moi, et j'étais à lui.

Ma vie était désormais *absolument parfaite*.

~*Fin*~

À propos de l'auteur

J.S «Jan» Scott est une écrivaine à succès de romans torrides dans le domaine de la littérature sentimentale. Aux États-Unis, elle figure sur les listes des auteurs à bestsellers établies par le New York Times, le Wall Street Journal et USA Today. Elle est elle-même une grande lectrice de tous types d'ouvrages et de littérature variée. J.S écrit dans le genre de la romance contemporaine ainsi que de la romance paranormale. Ses histoires se caractérisent par la présence quasi systématique d'un mâle dominant et par une fin toujours heureuse, parce qu'elle refuse d'écrire ses livres autrement ! Elle vit dans la magnifique région des montagnes Rocheuses américaines aux côtés de son mari et de deux bergers allemands un peu trop gâtés.

Retrouvez-moi sur http://www.authorjsscott.com ou
http://www.facebook.com/authorjsscott
Vous pouvez également m'écrire à l'adresse suivante
jsscott_author@hotmail.com

Ou bien sur mon Tweeter @AuthorJSScott

L'obsession du milliardaire :
L'obsession du milliardaire ~ Simon (L'obsession du milliardaire, tome 1)
Le cœur du milliardaire ~ Sam (L'obsession du milliardaire, tome 2)
Le salut du milliardaire ~ Max (L'obsession du milliardaire, tome 3)
Le jeu du milliardaire ~ Kade (L'obsession du milliardaire, tome 4)
L'éveil du milliardaire ~ Travis (L'obsession du milliardaire, tome 5)
Le milliardaire démasqué ~ Jason (L'obsession du milliardaire, tome 6)
Le milliardaire indomptable ~ Tate (L'obsession du milliardaire, tome 7)
La milliardaire libérée ~ Chloé (L'obsession du milliardaire, tome 8)
Le milliardaire intrépide ~ Zane (L'obsession du milliardaire, tome 9)
Le milliardaire inconnu ~ Blake (L'obsession du milliardaire tome 10)
Le milliardaire se révèle ~ Marcus (L'obsession du milliardaire tome 11)
Le milliardaire mal-aimé ~ Jett (L'obsession du milliardaire tome 12)
Le milliardaire célibataire ~ Zeke (L'obsession du milliardaire tome 13)

Les Sinclair :
Un milliardaire pas comme les autres (Les Sinclair t. 1)
Le milliardaire défendu (Les Sinclair t. 2)
La Caresse du milliardaire (Les Sinclair t. 3)
L'Appel du milliardaire (Les Sinclair t. 4)
Le milliardaire gagne toujours (Les Sinclair t. 5)
Les Secrets du milliardaire (Les Sinclair t. 6)